俳優探偵

僕と舞台と輝くあいつ

佐藤友哉

角川文庫
20704

誰独り埋もれた　私のこと気付かず
光の差すあなたを見てた

（安藤裕子／隣人に光が差すとき）

第一幕
舞台上で消えた役者

1

「この僕に勝てる者はいない！」

光のシャワーを浴びた水口は、観客を陶然とさせる効能をはらんでいた。ぴんとのびた指の角度も、飛びちる汗も、計算されたように完璧だった。主役はあきらかに水口で、ほかの役者はそれを引き立てるだけだった。

仲間たちはうっとりした顔つきで、水口を見つめている。この連中は、自分たちがオーディションに落ちた舞台を観て感激しているのだ。

「これをもちまして、本日の公演はすべて終了しました。お帰りの際は……」

アナウンスが流れ、通し稽古の終わりを告げた。僕たちも会場をあとにする。外は夏のきらめきに満ちていて、まだ日差しになじんでいない目が、痛みとまぶしさを訴えた。

「いやよかったなあ。今日の水口君はハンパなかった。最高だね」

「主役張るだけのことはあったな。でもほんと、うまくなったよ」

「演出もいい感じだった。正直さ……最初は心配してたんだけど」

「舞台全体を水口君が引っぱったんだよ。これぞ主役というわけ」

水口をほめる気のない僕は、仲間たちの輪をそっと抜け出す。吉祥寺にもどってきたときは午後四時をすぎていた。駅前は人であふれているが、脇道を一本入っただけで、すっと喧騒が消える。

長い路地の突き当たりに、目的の家はあった。

塀と木々にかこまれた大きな屋敷。

僕はいつもするように塀を乗り越えて、庭にある離れの扉を開けた。

今日も鍵はかかっていない。

「俺だ。入るぞ」

昔からの礼儀として、階段の下から呼びかけて二階に上がる。

引き戸を開けると、座敷童子が本を読んでいた。

ぞっとするほど色が白いそれは、よくできた人形のように座っている。

夏だというのに綿入りのドテラを羽織り、黒髪は背中までのびている。

体の線はびっくりするほどの細さで、押せば倒れそうなくらいに小柄。

「やあムギ君。不機嫌そうだね。むりもないか。水口氏の演技はすばらしかったようだから。彼はゲネプロで、主役らしい仕事をやってのけたようだから」

座敷童子が本から顔を上げた。

「……なんで知ってるんだよ」

「ふふふ。今や情報というものは、足を使って入手するものじゃあない」

笑いながら見せたノートパソコンの画面には、舞台に立つ水口の画像とともに、『ゲネプロみてきました〜〜。水口弘樹カッコよかった！』というコメントがあった。だれがやったのかは知らないが、情報解禁前に写真をアップするとは、ルール違反もいいところだ。

「ムギ君はゲネプロを観劇してきたばかりで、その内容が……いや、水口氏の演技がすばらしかった。これが不機嫌の理由だろう？　きみのプライベートや喜怒哀楽を知るのに、部屋から出る必要はないのさ」

「あのさ鹿間」

「なんだい？」

「お前、あいかわらず面倒くさい」

この座敷童子は小学校時代からの同級生なのだ。

ちょっとしたドッキリがうまくいってよろこんでいる座敷童子こと鹿間は、「まあすわりなよ」と言って、季節感のないコタツに僕を誘った。

「それでムギ君、水口氏の演技はそんなによかったの？」

「悪いところはなかった」

「おどろき。ムギ君が他人をほめるなんて」

「ほめちゃいないだろ。俺は水口の演技をみとめてないからな。あいつは優等生すぎるんだ。観客が求めることばかりやって、自分のいいところを全然出さないんだ」

「だけど今回の舞台は、漫画のキャラを演じるのだよね？　役者が前に出すぎると、原作のイメージが壊れてしま……」

「やめてくれ鹿間。もうそれ、七万回は聞かされてる。『原作を尊重しろ』ってな」

「自分の個性を演技に組みこんだムギ君は、それでオーディションに落ちたというわけだね」

そう。

僕はまたしてもオーディションに落ちた。

ここ最近は、舞台に上がることすらできず、水口ばかりがスポットライトを浴びて、水口ばかりが出世していく。

同期なのに。

おなじ十八歳なのに。

「ちなみにムギ君、きみが今回落ちた舞台のタイトルはなんだっけ」

「言わせる気かよ。『オメガスマッシュ　THE STAGE』だ」

「そうそれ。僕も原作は読んでいるよ。熱すぎる展開の連続には好感が持てる。とくに序盤のキャンプ編はすばらしい。たしか今回は、キャンプ編までを舞台化するんだったね」

こいつ、みんな知っていたか。

鹿間のうしろには背の高い本棚があり、そこにはたっぷりの本が詰めこまれていた。小説。漫画。文庫。新書。古本。絵本。写真集。洋書。本棚を見られたくらいで分析されてたまるかとでもいうように、あらゆるタイプの書物がそこにはあって、『オメガスマッシュ』の原作漫画も、当然のような顔をしてならんでいた。

だれが言い出したのかは知らないが、二・五次元舞台ということばがある。

漫画、アニメ、ゲームといった二次元の娯楽作品を、実際の役者が演じる……ようは宝塚歌劇団がやってきたことを、より露骨にやるようなもので、最初はイロモノあつかいを受けたし、衣装や配役をミスしたせいでコスプレ劇のような作品もあったが、クオリティの向上とともに評価されつつある新文化だ。

「ところでムギ君、『オメガスマッシュ　THE STAGE』のチケットは捌けているの？　今回がはじめての舞台化なのだろう？」

「おかげさまで、たいそう売れているらしい」

「つくづく、オーディションに落ちたのがもったいないね。というかムギ君は、いつまでこんなことをくり返すわけ。まだ本気を出していないだけとか言わないでよ」

「なんでこんなにオーディションに落ちるのかは、こっちが聞きたいくらいだよ。大根役者じゃないとは思うんだけど……」

「演技ではなく、スタンスの問題かもしれないね。きみはシニカルだから」

「シニカル？」

「僕を見習うといい。ほうら、ごらん」

「僕はすべての物語を愛しているよ」

鹿間は背後に広がる本棚を、誇るような顔つきで見上げた。

僕はそんな友人の感性をうらやましいと思いつつも、立場のちがいを感じる。

鹿間はただの消費者で、僕は役者。

おなじスタンスで物語に接することはできない。

そしてやはり、僕個人の好みもあった。アニメ＝オタクなんて図式を今さらやるつもりはないし、二・五次元舞台を愛するお客さんがたくさんいるのも知っているが、どうしてもしらけてしまう瞬間があるのだ。

「ちなみにムギ君は、どんなジャンルが好き？」

「べつに……なんでも好きだけど」

「演劇は？」

「悪くない」

「ミュージカルは？」

「悪くない」

「歌舞伎は？」

「悪くない」

「スーパー歌舞伎は？」

「なんか、微妙」

「歌舞伎なのに？」

「でも、新しいやつだろ」

「第一弾タイトルである『ヤマトタケル』の初演は一九八六年。三十年も前さ。それに歌舞伎をみとめるなら、そこから派生したスーパー歌舞伎もみとめるべきじゃあないかな。たとえ超有名漫画が上演されようとね」

「ああ、まさにそこなんだよ。歌舞伎はぜんぜん大丈夫なんだ。でもそれがスーパー歌舞伎になったり、漫画原作になったりすると、ごにょっとした気分になる。まっすぐ評価できなくなる」

「ムギ君はシニカルにくわえて、権威主義者だね」

「俺はそこまで最悪なやつじゃないぞ」

「じゃあ、『元禄忠臣蔵（げんろくちゅうしんぐら）』や『春興鏡獅子（しゅんきょうかがみじし）』をみとめる？」

「それは歌舞伎の演目だろ？」

「明治以降に作られたものだけどね。新歌舞伎と呼ばれるものがある。幕藩体制が崩壊してからは、座付狂言作者ではなく、外部の劇作家が作品を提供するケースが増えてきたのさ。さらに戦後に作られたものは、新作歌舞伎という呼びかたで区別して……」

「まってくれ。なんの話だ」

「文化は更新されるという話さ。作り手や受け手がいくら拒絶したところで、文化は前にすすみつづける。印象派ってあるでしょう？　あれはもともと、モネやピサロの画風になじめない保守派が、彼らを揶揄するために生み出したことばなのさ。最初は否定的な意味で使われていたわけ」

「学校じゃ習ってない」

「学校で習うことなんてなにもないさ」

「だから、ひきこもってるのか？」

「どうかな」

鹿間はほほえむ。

こいつの不登校は小学生のころからはじまったが、高校に入ってから完全にひきこもりになり、自宅の離れに暮らす座敷童子になった。理由は知らない。

それでも、ここで静かに本を読む鹿間は、とても幸せそうに見えた。

2

自分でも律儀だと思うが、翌日の本番を観に行った。

関係者用のパスを見せてロビーに入ると、多くの記者やカメラマンが陣取っていた。

マネージャーの三上さんにむりを言って、本番前の記者会見を見られるようにしてもらっていたのだ。

「それではただいまより、『オメガスマッシュ THE STAGE』の記者会見をおこないます。役者のみなさん、どうぞご登場ください」

司会者の声とともに、主要メンバー七人が入ってきた。

全員、卓球部のユニフォームを着て、カツラもメイクもばっちり。

非現実であるはずの二次元キャラクターを、実在するものとして立ち上らせている。

今ここにいるのは、生身の人間であると同時に、漫画の世界から出てきたキャラクターだった。実在しないものを再現して、舞台の上で演ずる。いろいろ矛盾しているが、これが僕のいる業界なのだ。

用意された壇上に、七人が立つ。

中心にいるのは、主役の水口。

「玉野井誉を演じる、水口弘樹です。本日はよろしくおねがいします」

カツラをかぶり、肌の色をおさえるメイクをほどこし、赤と白のユニフォームを着て挨拶をするこの人物は、だけどすでに水口ではなく、本作の主人公、玉野井誉だった。

二・五次元舞台の役者にまず求められるものは、キャラクターとの同化。僕たちは、二次元キャラクターの各種データを、三次元に流しこむための媒体。原作とおなじ髪型で、原作とおなじ衣装を着て、原作とおなじ立ち振る舞いをする……。もちろん完全再現はむりだが、それでもできるだけ似せて、寄せて、近づけることで、「思ってたのとちがう！」と観客ががっかりしないようにしなければならない。そういう意味では、水口のシンクロは完璧だった。

「こ……小宮右之助(こみやうのすけ)役の、柳孝司(やなぎこうじ)です。よろしくおねがいします！」

柳も僕の同期で、年齢もおなじ十八歳。柳にとっては今回が、舞台初出演だった。顔色が青白いのは、メイクのせいではないだろう。柳はひどく緊張していたが、瞳(ひとみ)はよろこびに輝いている。柳が演じる小宮右之助は、今回のキャンプ編で重要な役割をになっていて、準主役級のあつかいだった。

記者会見を見たいとたのんだとき、「あのなムギ助、そんなもの見てもむなしくなるだけだぜ」と三上さんはマネージャーというより大人の顔で忠告してくれたが、そのとおりだ。マスコミにまぎれて、キラキラした役者たちを見ていると、自分が何者なのかわからなくなってくる。

3

本番スタート。

役者たちは舞台上で、世界を構築した。

「行こう！　僕たち涼弾(りょうだん)高校卓球部は、こんなところで這(は)いつくばるようなタマじゃない！」

だれよりも輝いているのは、やはり水口。

年齢もキャリアも関係なく、才能それ一つで、舞台の中心に立っている。

それはもはや暴力的ですらあり、ほかの役者たちは、水口に合わせるだけでせいいっぱいという感じで、こんなふうに共演者をふり回す演技は舞台を壊してしまうものだが、自分のスピードについていけない役者がいると、水口はすっとペースを落とした。なんというバランス感覚。出会ったころとおなじ凄みが、そこにはあった。

物語はすすみ、あとはクライマックスを残すのみ。

暗転した舞台の上で、大道具さんがセットをすばやく組んだ。

天井にとどくほどの巨大テントだ。

そしてここからは、柳のターン。

トーナメントの敗北につながるミスを犯した小宮右之助が、修行のために山ごもりをして、玉野井誉と力だめしをおこない、それによって涼弾高校卓球部は一致団結。次なる戦いへと思いをはせる……というのが、『オメガスマッシュ　THE STAGE』のクライマックスだった。

「うおおおおおおおおお！　不甲斐ないぜ！　くそ、強くなってやる。強くなるまで山を下りねーからな！」

　舞台にライトがつくと、柳が舞台袖から飛び出した。

　柳は巨大テントの前を駆け回り、たった一人で、作品世界を組み立てている。観客も、柳が放出する世界観につかまれて、しらけた空気はない。

　そう、二・五次元舞台には、『しらける』という独特の罠があった。

　たとえば古典演劇なら、日本人の役者が日本語で、「我はリチャード三世である」と名乗っても、そういうものだという『お約束』を、演者と観客が共有しているので違和感はない。いっぽう二・五次元舞台は、実際には存在しない二次元キャラクターを実在しているように見せなければならず、それは日本人が外国人を演じるのとは、難易度のベクトルがちがう。

　二次元の存在とはいえ、観客はそのキャラクターをよく知っている。なにが好きで、なにが嫌いで、どんなふうにしゃべって、どんなふうに動くのかをよく知っている。そこから少しでも外れたりすれば、観客はあっというまにしらけてしまうのだ。

「俺はここまでの男じゃねえ！　強くなってやるんだ。俺は絶対に強くなるんだ。強くなる。絶対に絶対に強くなる。強くなってやるぞ。強くなってやるからな。強くなってやるんだ！」

　柳はうまくやっていた。小宮右之助をしっかり演じていた。

「小宮君、修行の成果は出たかい？」

「なんや～、小宮っち。いつまでキャンプしとんねん」

「腹減ってると思って、弁当持ってきてやったぜ！」

「くくく。小宮氏、あいかわらずの熱血ですね。くくく」

「ね、ねえ小宮、もう帰ってきなよ。親御さんも心配していたよ」

「フン。くだらん悪あがきを……」

そんなセリフとともに、涼弾高校卓球部のメンバーが登場した。彼らは小宮右之助の様子をうかがいに、山へとやってきたのだ。それを見つけた小宮右之助は、「じゃましにきやがったのかよ。ああ？」と言い、まっさきに玉野井誉に絡んだ。小宮右之助は中学時代までは負けなしだったが、玉野井誉という強烈な才能に出会ったことで、一方的にライバル視していた。

「このテントは、小宮君が張ったのかい？　キャンプ楽しそうだね」

「なめてんじゃねえぞ玉野井！　俺はここで修行してたんだよ！」

「キャンプの修行？」

「卓球の修行に決まってるだろ！　てめえ、余裕かましてんじゃねえぞ。エースはこの俺だぞ！」

「エースは僕さ」

「俺の新しい技を食らったあとでも、おなじこと言えんのか？」

会話が不穏なものになるにつれ、ＢＧＭの音量が上がる。ドムドムドムドムドムという四つ打ちのビートが、二人の鼓動のメタファーとなり、玉野井誉と小宮右之助はにらみ合い、BGMの緊張がピークにさしかかると、ど派手なプロジェクションマッピングがはじまった。舞台奥に降ろされたスクリーンに、映像が映し出される。それとともに、水口と柳以外の役者たちがすっと離れて、舞台の左右に移動した。

ラストシーン。

ここからは水口と柳、二人だけの世界がはじまるのだ。

「玉野井、修行の成果を見やがれ！」

「見せてもらうよ小宮君」

「いくぜ！　ハイパー小宮、爆・誕！」

巨大テントに飛びこみ、数秒もしないうちに出てきた柳は、炎をイメージさせる赤々とした衣装に身を包んでいた。早替わり。赤く染まったユニフォームは、炎を表現していた（原作では、ハイパー小宮になるといつも燃えるのだ）。柳は水口の前に立つと、「勝負だ！」と叫び、それを合図に対決がはじまる。といっても、ここに卓球台はない。二・五次元舞台でスポーツものをやる場合、手に持てる物以外はあまり小道具を使わなかった。テニスだろうとバレーボールだろうと基本的にはネットを張らず、自転車競技もハンドルを持つだけで、あとは照明や演出で乗り切る場合がほとんどだ。『オメガスマッシュ THE STAGE』もおなじく、ラケットを持った役者の動きに合わせて、プロジェクションマッピングを用いた立体的な映像を映し、試合展開を構成していた。激しいラリーの応酬のすえ、先にポイントを取ったのは玉野井誉。小宮右之助は吹き飛ばされるように倒れこむ。

「これで終わりかい？　小宮君」

「心配すんな。本番はここからさ」

そう、ここからが、柳の最大の見せ場だった。このあと柳はふたたび巨大テントに入って早替わりをすると、ワイヤーで吊った巨大テントが、小宮右之助の噴き出すパワーによって上空へと吹き飛ばされるのだ。そしてスーパーハイパー小宮と化した小宮右之助が、ついに玉野井誉からポイントをうばう……という流れだった。

「スーパーハイパー小宮、爆・誕！」

柳は巨大テントに入った。

BGMはつづくが、ここで照明が消え、舞台は暗転。

会場全体が暗闇につつまれる。

明るさに慣れていた観客の視界はゼロ。なにも見えない。これは次のシーンを効果的に見せる演出であるのと同時に、巨大テントを引き上げるためのワイヤーをとりつけるための時間でもあった。暗闇は、わずか十五秒。そのあいだに、舞台上の役者たちがワイヤーをとりつけるのだ。

十五秒後。

照明がぱっとつく。

巨大テントには三本のワイヤーがつけられて、ぴんと張っていた。

作業は問題なく完了したようだ。

「さあ小宮君、テントから出てきなよ。きみの真の力、見せてもらおう」

水口のセリフをきっかけにBGMが消え、ワイヤーがいきおいよく巻かれ、巨大テントが一気に引き上げられた。

そこには柳が、
いなかった。

4

「え？」

僕は思わず声を出す。

昨日のゲネプロは、こんな展開ではなかった。

なんだこれ。どうして柳がいないんだ。脚本が変わった？　だとすれば、関係者席がざわついている理由がわからない。これはどう考えても、アクシデントが発生したのだろう。舞台に立つ役者たちは、表情には出ていなくても、あきらかに混乱していた。あたりまえだ。柳がいきなり消えてしまったのだから。

巨大テントに入った柳は、どこへ消えたのだろう。テントといっしょに引き上げられてしまった？ 舞台の外に移動した？

どちらも考えられない。暗闇だったとはいえテントの中は広く、なんども練習したわけだから巻きこまれることはないだろうし、本番中に柳が舞台を降りるなんて考えは論外だ。

意味がわからない。

柳はどこに行ってしまったんだ。というか、どうするんだ。

柳が、小宮右之助が不在のまま、このあとどうするんだ……。

「なるほどこれが小宮君の技か」

動いたのは水口だった。

それは脚本にないセリフだった。にもかかわらず水口は、まるで最初からこういう筋書きだったかのように話し、自分に注目を集めさせた。水口は観客の視線がじゅうぶんに注がれたのを確認すると、「先輩たち、小宮君は今、姿を消しています」と言った。

「姿を消したって、いったい、どういう……」

役者の一人がたずねる。アドリブではなく本音がもれたような声で。

「ですからこれが彼の技ですよ。原理はまだ読み切れませんがね。これは楽しみだ。さすがの僕も、透明人間と試合をしたことはありませんから」

水口は客席に顔をむけ、ラケットを掲げた。見得を切るというよりは、PAブースに合図を送ったというほうが正確だろう。少し遅れてBGMが流れ、プロジェクションマッピングによる映像が動きはじめた。

どうする？

柳がいないのに、どうやって対決する？

回答はシンプルだった。

「ていっ！」

水口は舞台を駆けた。

全力でダッシュし、跳ね、舞い、たった一人で試合をはじめたのだ。

それだけなら、わびしい一人芝居になってしまうが、ここにはプロジェクションマッピングがある。スクリーンの映像に水口が絡むと、透明人間となった小宮右之助とバトルしているように見えなくもない……というか、そう見えてしまう。水口の演技がうまいこともあり、玉野井誉VS.透明人間となった小宮右之助の戦いがおこなわれているように見えてしまう。これをアドリブと思う者はいないだろう。原作の展開を知っている観客は、最初はぽかんとしていたが、水口の熱演によって火がついたらしく、食い入るように舞台を見つめていた。

そして僕は、呆然としていた。

一流の手品師が、アシスタントのミスすら演出として片づけてしまうように、水口はトラブルを切り抜けるばかりか、自分を輝かせる材料にしてしまったのだ。

　この一人芝居には、不自然なところがまるでなかった。今日が『オメガスマッシュ THE STAGE』の初日なので、一般客の中に脚本を知る者はいない。だれもがこれを、舞台のオリジナル展開だと思っているだろう。すごいことをやるものだ。役者が消えるというトラブルが起こったのに、観客にそれを気づかせず、たった一人で切り抜けてしまうなんて。

　天才。

　水口弘樹は天才だったのだ。

「この僕に勝てる者はいない！」

　スポットライトに照らされた水口が叫ぶ。

　こうして舞台は終わった。

　最後の挨拶に柳が現れないのは気になったが、透明人間となった以上、そのあとに出てこないのも演出に見えたし、客席からは拍手が鳴り響いていた。大満足の拍手だった。

　僕は会場をあとにした。柳がどうなったのか、明日からどうするのか、いろいろ確認したかったが、そんな余裕はなかった。観客に交じりながらロビーを出る。だれも僕に気づかない。僕がここにいることを、だれも気づいてくれない。それはそうだ。舞台に立たなければ、それはもう役者ではない。僕は一般人と変わらない。水口だけが輝き、僕は停滞したまま。

5

「舞台から役者を消す方法？」

鹿間は本から顔を上げた。

あれから二日後、僕は鹿間に会うため離れにやってきた。夏だというのにコタツに入り、季節外れのドテラを着ていたが、汗一つかいていない。がまん大会にでも参加すればまちがいなく優勝できるだろう。

「お前は舞台にくわしいだろ。なんか知らないか、そういうやつ」

「人体消失はマジックの領分だよ」

「まあそうだけど」

「消え物。ということばをムギ君は聞いたことあるかな？」

「舞台用語のやつか？　小道具の」

「そうそれ。舞台の小道具で、一度使うと消えてしまうものを指すことばさ。煙草やロウソクなんかは、消え物に属するね。ちなみに、衣装などを燃やして消すことは、焚捨と呼ぶ」

「それを人体でやることは？」

「むりだよ。役者は消え物ではないから。でも、歌舞伎にはしかけを使う演目が多くある。歌舞伎の醍醐味は外連だからね」

「ケレン？」

僕が問うと、鹿間は本を閉じて説明をはじめた。

「アクロバティックな演出で、観客をよろこばせる手法をそう呼ぶのさ。代表的なものは、宙乗り。早替わり。引抜。ぶっかえりかな」

「早替わりなら俺も知ってる。へえ、あれって歌舞伎が最初だったのか」

「『東海道四谷怪談』では、仏壇の中から出てきたお岩が、秋山長兵衛を仏壇の中にぐいっと引きこんでそのまま消えてしまう。これは仏壇の裏に水車のようなしかけを作って、それを回しておこなわれる、仏壇返しという外連だ。それから『義経千本桜』では、狐忠信が宙を舞う。今でいうところのワイヤーアクションだけど、なんと元禄時代に発明されて……」

「わかった。わかったからもういいよ」

「きみが質問したのだろう？」

「俺が聞いたのは、人体消失トリックみたいなものだよ」

「だからそれはマジックだって。大がかりな外連をやるには、舞台も大がかりでなければならない。セリや奈落があるならともかく」

どちらも歌舞伎用語だが、今や一般的な舞台用語として定着している。セリというのは、舞台の一部をくり抜き、そこに作ったリフトで役者や大道具を上げ下げする装置のことで、奈落というのは、舞台の床下部分を指すことばで、セリを動かす装置を置いたり、役者が移動するために使う地下通路でもある。

「そういうのはむりだ。『オメガスマッシュ THE STAGE』の公演に使ってる会場には、セリも奈落もないんだ。あそこはただの平面な舞台だった」

「ねえムギ君……僕はネットを見ただけだし、情報も錯綜していてよくわからないけど、公演中に役者が消えたというのは本当なの？」


舞台上で消失した柳は、今も行方不明のままだった。

舞台が跳ねた直後に捜索したが、劇場の中にも外にも柳の姿はなく、電話もメールも反応がないので、事件に巻きこまれたのではないかということで警察に通報して、今はまだ公になっていないが、失踪事件ということになっていた。

公演中止はなんとかまぬがれたが、内容は初日とちがうし、柳の代役が小宮右之助を演じているし、劇場のまわりを警察がうろついているため、情報はもれつつあるようだ。というか、このまま柳が見つからなければ、公開捜査もあり得る。あまりしゃれになっていない状況だった。

「柳っていう俺の同期が、行方不明になったんだ。わかるだろ。まずいことになってるんだよ。だからお前に相談して……」

「警察にまかせておけばいいじゃあない」

「でも、気になるだろ」

「柳氏だっけ？　その人が舞台から消えた方法が？」

「それもだけど、一番気になるのは犯人だよ」

「犯人、ねえ」

鹿間は微妙な顔つきになった。

「柳が自分から消えるわけがないんだから、柳を連れ去った犯人がいるってことだろ」

「きみはその犯人とやらが、役者の中にいると考えているの？」

「………」

返事ができなかった。

本当に犯人がいるとすれば、その人物はあやしまれることなく柳に近づけたわけで、つまりは共演した役者……とくに柳が消えたとき舞台にいた六人……の中にいることになってしまう。

僕はごまかすために、適当なことを言った。

「いや、犯人は外部からやってきたかもしれない。テントの中に隠れていたとかさ。あ、そうだ。テントを組むとき、大道具さんが暗転した舞台に出入りしていた。きっと、そこにまぎれて……」

「テントはどれくらいの大きさなのだい」

「正確なサイズはわからないけど、だいたい半径二メートルくらいの円錐形だ。三角コーンのおばけみたいな」

「ふむ。大きいね」

「材質はポリエステル……かな？　これもよくはわからないけど、つるつるしたものだった。前面に切れこみがあって、そこが出入口になってた。あとこれは聞いた話だけど、テントには細工がなかったらしい。切られたり破られたりはしてないそうだ。柳をテントから連れ出すには、たった一つの出入口を使うしかないってわけだ」

「テントから連れ出したあとの柳氏を、犯人とやらはどうやって外まではこんだの？」

「舞台袖には人がたくさんいたから、スクリーンをくぐって舞台裏から連れ出したんじゃないかな。これもあとから聞いた話だけど、あのとき舞台裏にはだれもいなかったそうだ」

「舞台が暗転するのは、何秒間だっけ？」

「十五秒」

「犯人とやらは、暗転中の十五秒のあいだに、だれにも気づかれずに柳氏をテントから連行して、舞台裏に移動したと？　しかもそのあとで、やはりだれにも気づかれずに会場の外まで連れ去ったと？」

「そりゃ、ちょっと非現実的かもしれないけど……」

「もう一つ聞きたいことがあるのだけど、マイクは使ったよね？」

能や歌舞伎といった古典演劇、あるいは小劇場ならともかく、大舞台と大音量が欠かせない二・五次元舞台では、ワイヤレス式のヘッドセットマイクが使われていた。

「俺、あのマイクってのがどうも合わないんだよなあ。声に違和感あるし、つけ心地も変だし」

「日本で最初にマイクを使った舞台は宝塚だ。一九三四年の公演でね」

「そうなのか」

「当時は舞台袖からコードを引っぱっていたそうだよ。それが五〇年代に入ってワイヤレスに変わる。とはいえ、きみたちが使っているような軽いものじゃあなかった。ヘッドセットマイクが常識となったのは、演劇の歴史から見れば、ごく最近なのさ」

なんでも最初は宝塚なのだなと感心しつつ、鹿間の知識量におどろく。

やはり相談して正解だった。

僕は記憶をよみがえらせつつ話した。

「今回の舞台は、たしか全員、ヘッドセットマイクをつけてた。バッテリーを背中に隠して、マイクを頬につけるタイプのやつだ」

「柳氏も?」

「そりゃもちろん……あ、マイクの音声」

「柳氏が犯人にさらわれたのなら、そのとき音が入ったはずだ。無抵抗ということはないだろうからね」

「音なんて聞こえなかったぞ」

会場にはずっとBGMが流れていたが、もしテントの中で異常があれば柳は声を上げたはずだし、それをマイクが拾うはずだ。犯人にマイクを外されたとしても、その音が入るだろう。だけど不自然な音声は聞こえなかった。柳は声を出せなかったのだろうか。眠り薬を飲まされたとか、口をふさがれたとか……まさか殺されたとかいうことはないだろうが。

「うーん、決め手に欠けるなあ。やっぱり警察にまかせるべきじゃあないかなあ」

鹿間はドテラの上から肩をかいて、眠そうな声を出した。

「まだ寝るなよ鹿間。なんか思いつかないか？」

「思いついたところで、それを裏づける証拠がなければ意味ないよ。せめて証言でもあればいいけど……ああそうだムギ君、きみ、舞台に出演した役者たちに聞いて回ってみてくれないか」

「俺が？」

「僕はひきこもりだからむり」

「いばって言うことか」

「自由に動けるのはきみだけ。事件にこだわっているのもきみだけ。それならきみがやるべきだ。いやなら、警察の捜査を待てばいい。ふぁあ。僕、眠くなってきたのだけど、一眠りしてもいい？」

6

　というわけで、翌日は調査の日だ。

「まったくいい迷惑だっての！」

　陣内（じんない）さんと猿橋（さるはし）さんは怒っていた。二人は喫茶店でおなじアイスコーヒーをたのみ、おなじように一気飲みした。前からよく似た二人だが、最近は双子のように息ぴったり。そのうち、おなじタイミングでくしゃみをするだろう。

「警察ははっきり言わないけど、これ誘拐なんだろ？　ったくさあ、上演中に誘拐するってなんだよ。わけがわからん。誘拐すんなら外でやれっての」

　陣内さんが文句を垂れると、猿橋さんはうなずいて、「おうよ。わざわざ舞台の上で誘拐する意味がわからないよね」と言った。

　僕もその意見に賛同だった。

　推理ドラマを観ているときに感じる、『こんなに手のこんだ殺人事件を計画するより、夜道で襲ったほうがバレないんじゃないの？』というアレだ。

　今回の事件にかんしてもそうで、あんなに目立つところでことを起こすよりも、闇夜にまぎれてひっそりと柳をさらったほうがうまくいくだろうし、自分がうたがわれる可能性も減るのではないかと、ずっと疑問だったのだ。

「まだ公演中なのに、時間をあけてもらってすみません。さっそくお二人に聞きたいんですけど、あのテントの中に、犯人が隠れていた可能性はありますか？」

　これは鹿間にたのまれた確認事項の一つだった。

「ないね。テントは大道具が四人がかりで組んだ。四人が同時に舞台に上がって、テントを組んで、そろって舞台袖に引っこむのを、俺は見ていたよ。あのテントの中には柳しかいなかった」

　陣内さんははっきりと証言した。

「でも、舞台は暗転中でした。闇にまぎれた犯人が、舞台裏からやってきて、テントにそっと隠れたとすれば、見逃したかもしれませんよ」

「もしそうだったとして、犯人はどうやってテントの中にいる柳を連れ去ったんだよ。上演中の舞台には俺たちがいた。テントには出入口が一つしかないんだから、そこからむりやり連れ出すやつがいたら、いくら暗くても音や気配でわかるっての」

「犯人と柳は、ずっとテントの中にいたというのは？　テントの中で待機して、そのままテントといっしょに引き上げられたとかは」

「早替わりで使った衣装は、たしかにテントといっしょに引き上げたけど、犯人と柳もおなじようにしたってのは考えられないね。だってさ、テントは舞台が終わるまで回収されないんだぞ。ずっと吊り下げられたままなんて、犯人にとってはやばい状態だろ」

「ですよね……。そもそも柳はどうして、舞台上で連れ去られたんでしょう」

「知るもんか。でもまあ、理由はあるんだろうな。外じゃなくて、舞台上でさらった理由が」

「ねえ、もしかしたらあれじゃない？　犯人は舞台でしか、柳君と接点がないとか」

猿橋さんが言った。

「柳と接点がないのは、俺たちみんなそうだろ。柳と仲良しってやつは知らないし……っていうか、べつに電話で呼び出せばいいだろ」

「電話を使ったらバレちゃうよ。履歴を消しても、通信会社には残るっぽいし」

「だからって、舞台上で誘拐するか？」

「あの、すみません。柳をさらった人物について、心当たりはありますか？」

僕が口をはさむと、二人は同時に、「ない」と答えた。

よくも悪くも、柳は目立たなかった。

いつも一歩引いて、どこか卑屈な態度で、みんなの話をだまって聞いているだけ。プライベートで柳と遊んだという話も聞かないし、僕も遊んだことはない。あくまで表面的にだが、柳はだれからもうらまれてはいなかったし、だれもうらんでいないように見えた。

結局、仮説の一つも浮かばなかった。

二人とわかれて、こんどは入井に会いにいく。

入井は柳と（比較的、という意味だが）親しい仲だった。入井なら、柳についてくわしいことを話してくれると期待していたのだが、そうかんたんにはいかなかった。

「あいつのことなんて知らねーよ。ムギに話すこともない」

すげない態度。

「柳が心配じゃないのか？　それとも連絡でもあった？」

僕はためしに揺さぶりをかけてみる。

「あるわけないだろ。もし連絡なんてあったら、会ってぶんなぐってるぜ」

「どうしてそんな」

「どうしてって、あいつは舞台を台無しにしたんだからあたりまえだろ」

「台無しにはなってないよ。水口が立て直した」

「そうだけども……ムギは舞台に立ってないからわからないんだ。水口が立て直したとか、結局はうまくいったとか、そんなことは関係ねーよ。柳が舞台を壊したことに変わりはないからな」

「なんでそんなふうに言うんだ。壊されたって意味じゃ、柳がだれよりも壊されたじゃないか。せっかくの初舞台で、せっかくの見せ場だったのに、こんなことになって……」

「そんなのは関係ないんだって！」

入井は声を荒げたが、自分を落ちつかせるように短く息を吐いたあと、「なあムギ、俺の話を引かないで聞いてくれるか」と言った。

「努力してみる。で、なに？」

「大事な用事があって電車に乗ったのに、飛びこみ自殺に遭遇して、そのせいでダイヤが遅れたら、どんな理由があったとしても、自殺したやつにはイラっとくるだろ?」

「気持ちは理解できる。とだけ言っておくよ」

「柳のこともいっしょだ。せっかく俺がいいところを見せようとがんばってたのに、あいつが事件に巻きこまれたせいでみんなおしまいだ。なあ、ムギはさ、初日の舞台を観てくれたんだよな?」

「うん」

「俺……よかっただろ?」

「まあ、そうだね」

「あの日の俺は、うまくいってた。セリフも噛まなかったし、動きもばっちりだった。でも二日目から、どうにもうまくいかないんだよ。型がくずれたっていうかさ、とにかく百パーセントの演技じゃないんだよ」

じれったそうに語る入井の目には、見ていてつらくなるほどの感情がこめられていた。

初日の舞台は、水口の独擅場だった。ほかの役者はシナリオのない舞台に立たされて、おろおろするばかり。あんな目に遭えば、翌日以降も引きずってしまうのはよくわかる話だ。入井の怒りが柳にむけられるのは自然なこと……なのかもしれない。

「でも、それをぜんぶ、柳のせいにするのか?」

「犯人が見つかったら、ぜんぶをそいつのせいにするし、俺はそいつを本当になぐりつける」

　こまかい話を聞ける状態ではなさそうだ。僕は入井とわかれると、残る三人の役者に電話をかけた。だけど谷崎(たにざき)はつかまらず、水口は電話に応じてくれたが雑誌のインタビューが連続してあるので時間は作れないとのこと。

　僕はいじけた気分で通話を終え、最後の一人である久川(ひさかわ)さんと会うことになった。

7

「僕はねぇ……うたがわれてるんだ。警察に」

　久川さんは事務所の先輩で、年齢は出演者の中では飛び抜けて高く二十九歳。役者としての知名度はなく、こう言ってはもうしわけないが才能もない。でも、だからこそ後輩に好かれるタイプの人物だった。先に喫茶店でまっていた久川さんは青ざめていたが、僕を気遣うような笑顔を見せた。久川さんのこういうところがみんな好きだった。

「まいったよ本当に。事情聴取なんてさ」

「でも、どうして久川さんが」

「僕がワイヤー担当じゃないからだって」

　鹿間の確認事項を思い出す。

巨大テントを吊り上げるためのワイヤーを張ったとき、だれがどこの役割だったのかをしらべてほしいとのことだった。

久川さんに聞いたところ、ワイヤーをくりつける担当は、水口と谷崎と入井だったらしい。水口は舞台の中央、谷崎と入井は左側で待機して、暗転した直後に降ろされたワイヤーを十五秒のあいだに巨大テントにくりつけ、作業を終えてもとの位置にもどるという流れだったそうだ。

「そのあいだ、久川さんたちはなにを？」

「なにもしないよ。暗転が終わるのを待つだけ。僕と陣内君と猿橋君は、舞台右側に立っていた。ずっとね」

「ならび順はどうでしたか」

「ええと、舞台手前から奥にむかって、猿橋君、陣内君、僕の順だよ。ムギ君、警察とおなじことを聞くんだねぇ」

「照明が消えた十五秒のあいだ、ワイヤー担当じゃない三人は、自由に動くことができます。久川さんは、その中でだれよりも舞台裏に近いところにいました」

「それはそうだけど、舞台裏のそばにいたからって、むりでしょ」

まったくそのとおりで、僕は説明しつつも、だからなんだという気持ちになっていた。どこに立っていようと、結局はテントの中にいる柳を引きずり出して、舞台の外へ連れ出さなければならないし、そのリミットが十五秒間なのも変わらない。警察だってそれはわかっているはず。ではどうして久川さんだけが事情聴取を受けたのか。

「じつはねぇ、僕には動機があるんだ」

久川さんはとんでもない告白をした。

「動機って、本当ですか？」

「柳君に、お金を貸してるの。四十万」

わりと大金だ。

僕はなんと言えばいいのかわからなくなる。

「柳君の家はね、そんなに裕福じゃないの。学費からなにから、みんな柳君が自分で払っててね」

「知りませんでした」

「本人も秘密にしてるわけじゃないだろうけど、わざわざみんなに話すことでもないからねぇ。ああもちろん、事務所の大人たちは知ってるよ」

「久川さんも知っていたと」

「たまたま知った感じだけどねぇ。それからは、ご飯をおごったり、相談に乗ったりしてたんだ。柳君は僕とちがって若いし、才能もあるからね。アシストしてあげたいじゃないの。苦学生を助けてあげたいじゃないの」

「それで、金を貸したんですか？」

「うん、半年くらい前からかな。二回に分けてね。僕としては返してくれなくてもいいお金だったんだけど、警察はそうは見てないんだ。金銭トラブルってやつが、大好きみたいだねぇ」

「変な質問かもしれませんが、柳はほかにもだれかから金を借りたりしてないでしょうか」

「僕は聞いてないけど、借りてるかもしれないねぇ。柳君、まとまった額のお金を必要としていたんだ。アパートの更新があったそうだよ」

実家暮らしをしている僕には感覚がつかめないが、金のない中でアパートの更新費用を支払うというのは、大変なことなのだろう……なんてことを思っているうちに、ふと我に返る。僕はいったいなにをしているんだ？　どうして柳の私生活をあばかなくちゃならないんだ？

「あの、それで、大丈夫なんですか」

僕は自己嫌悪から逃げるために質問した。

「柳君かい？　さあねぇ。今どうしているのか……」

「じゃなくて、久川さんですよ。警察にうたがわれて大丈夫なんですか」

「もちろんだよぉ。だって犯人じゃないもの。でも、もし逮捕されちゃったら、僕は成人してるから名前が出ちゃうね。こんなことで有名になってもこまるだけなんだよなぁ。たははー」

久川さんは肩をすくめた。

僕はぜんぜん笑えない。

8

首吊り死体を見つけたので、必死に手をのばそうとするのだがどうしてもとどかず、そのうち首吊り死体がぐるぐる回転するという最悪な夢から覚めると、寝汗をかいていた。

顔に手を当てると濡れている。

涙。

今が夏なのを思い出す。

夏になると、この悪夢を見るのだ。

眠れそうにないのでリビングで冷たい水を飲んだ。柳は今ごろ、どこでなにをしているのか。死んでいるのではないか。悪夢を見たばかりのせいで、そんなことが浮かんでしまう。ベッドにもぐったがやはり一睡もできず、そのまま朝をむかえた。

シャワーを浴びて、適当に朝食をすませてから、鹿間と会うことにした。

屋敷につくと、塀を乗り越えて、鹿間の暮らす離れにむかう。

「俺だ。入るぞ」

いつものように声をかけてから階段を上がった。

引き戸を開けると、鹿間がちょこんと座っていた。起きたばかりなのだろう、ぼんやりとしている。こうして見ると座敷童子というより、無念のすえに死んだ幽霊みたいで、少し心配になった。

「ふぁあ。おはようムギ君。早いね」

「早くない。もう九時だ」

「どうしたの、幽霊みたいに突っ立って。元気がないね」

「幽霊はお前だろ」

悪態をつきながらコタツの前に座ると、鹿間は茶を出してくれた。出涸(でが)らしなのか、ひどく味が薄い。

眠そうなあくびをくり返す鹿間を無視して、僕は勝手に調査結果を話した。そのあいだ、鹿間はノートパソコンをちまちま操作していた。

「鹿間、俺の話を聞いてるのか」

「聞いているよ。ネクタイをしめながらでも、奥さんの小言は耳に入るだろう? あとね、僕は今、朝の日課をこなしている途中なの。じゃまをしないでもらえるかな」

「朝の日課?」

「ネットサーフィン」

「それもう、死語だぞ」

「え、そうなの?」

鹿間は愕然(がくぜん)とした顔つきになる。

「なあ鹿間、お前さ、外に出たほうがいいぞ。世間とのズレがひどすぎる。今どき携帯電話も持ってないし……」

「僕のことはいいのだよ。あとそれからきみの調査だけど、柳氏の家庭のことは知りたくなかった」

「ちゃんと聞いてたんだな」

「聞いているってば。ムギ君のがんばりは評価するけど、そういう余計なことは知らせないでくれないかな」

「事件と関係あるかもしれないだろ」

「ムギ君が知りたいのは、柳氏の『消失の謎』だろう？　それを解明するのに、どうして柳氏の家のことを把握する必要があるの？　柳氏が資産家の息子だったら、犯行内容が変わっていたとでも？」

「でも、柳に金を貸したせいで、久川さんはうたがわれてるんだぞ」

「それは『消失の謎』とは関係ない」

「なんでそんなこと言えるんだよ……って、え？　もしかして、犯人がわかったのか？」

「犯人というか、まあ、そうだねえ」

鹿間は眠そうな声で言った。

「だいたいぜんぶわかったよ」

「だれなんだよ。犯人はどうやって柳を連れ去ったんだよ」

「まあまあ」

「早く教えてくれ。犯人はだれなんだ」

「犯人なんていないよ」

「いない？」

「どうもムギ君は、定式を守りすぎているようだね」

「非常識な推理をしたほうがいいってことか？　そんなに奇抜なトリックなのか？」

「そっちの『常識』じゃなくて、茶汲みの『定式』だよ」

「……茶道の話？」

意味がわからない。

鹿間は苦笑を浮かべながら、「ちがうよ。定まる式と書いて、定式さ」と言った。

やはり意味がわからなかった。

「ムギ君は、歌舞伎の幕を知っているかな」

「それくらい当然だろ。黒と緑と、あとなんか黄色っぽいやつ」

お茶漬けのパッケージで見たことがあるから。とは言わなかった。

「そのとおり。一部の例外をのぞいて、歌舞伎の幕を上手から見ると、『茶・黒・緑』の順番だから、その頭文字をとって、『茶汲み』というわけ。歌舞伎にはルールがいくつもあって、それを定式というのだ。ちなみにその幕は、定式幕と呼ばれている」

「それが事件と関係あるのか？」

「あるから言っているのさ」

「ほんとかよ……」

「ムギ君、江戸には、歌舞伎の劇場がどれくらいあったと思う？」

「さすがにそれは知らないよ。二十くらいか？」

「中村（なかむら）座、市村（いちむら）座、森田（もりた）座の、江戸三座。この三つだけさ」

「意外と少ないな」

「幕府が許可しなかったからね。さっき言った定式幕が使えるのも、この三座だけ」

「いやでも、町のあちこちに歌舞伎小屋があるのを時代劇で見たぞ」

「幕府が許可しているのは三つだけという意味で、それ以外の劇場は、小芝居と呼ばれていたのだ。存在そのものが禁止されていたわけじゃあない。『あってもいいけど、いっぱいあるとこまる』というのが幕府の方針だからね。ほら、ええと、あれといっしょだよ」

「あれってなんだ」

「ほら、ほらあれ」

　どうしたのだろう。雄弁だった鹿間が急にモジモジしはじめた。頭に手を置いたり、ドテラの上から背中をかいたりしている。

「あれじゃわからないだろ。なにといっしょなんだ」

「よ……吉原、とか」

その単語を口にしたとたん、鹿間はぱっと頬を赤らめて、両手で顔を覆った。乙女のような反応に僕はあきれた。

「歌舞伎の上演もそうだけど、ば、ばばば売春の営業も幕府のきょきょ許可が」

嚙み嚙みだった。

「鹿間、ちょっと落ちつけ」

「は、八秒待ってね」

鹿間は茶をあおると、どう計算しても三十秒はたってから言った。

「ええとね、幕府公認の売春施設は吉原だけだったけど、江戸では岡場所と呼ばれるところがあって、そこでは公然と、おおっぴらに、売春組織が運営されていた。売春はよくないというルールや道徳は、江戸時代にはなかったからね。歌舞伎も売春も、幕府から見ればおなじだったわけさ」

「おかえり」

「え？」

「落ちついたみたいでよかったな」

「……ちなみに定式幕を持つ江戸三座は、左右に動く引き幕だけど、小芝居は上下に動く緞帳を使っていた。『緞帳役者』ということばがあるけど、あれは歌舞伎役者が小芝居の役者たちを、そう呼んで軽蔑したところからはじまっている。江戸三座と緞帳芝居とでは、品もちがえばレベルもちがうというのが、歌舞伎役者たちの矜持だった」

「配色には理由と重みがあったわけか」

「身分の低かった歌舞伎役者にとって、幕府から許可を得ているということが、プライドでありブランドだったのはたしかさ。でもねムギ君、そんな定式幕も最初はバラバラだったのだ。『茶・白・黒』もあれば、『緑・黒・茶』もあった。『茶・黒・緑』のデザインに統一されたのは、明治に入ってから」

「いいのかよそれで。定式ってのはルールなんだろ。ルールは守らないと」

「もちろん守るよ。あえて守るのがルールさ」

「あえて？」

「でもきみは今回、定式を守りすぎてしまった」

どうやら、ようやく本題に入ったらしい。

鹿間はつづける。

「今回のできごとは、衆人環視の舞台上で起こった。しかも内容は人体消失ときたものだから、ムギ君はここで、推理小説の定式を持ち出してしまったのだ。舞台上で人が消えたのだからトリックがあるはずだ。閉鎖的な事件の犯人は近しい者の中にいるはずだ。被害者がいるのだから加害者がいるはずだ……」

「いや、人体消失なんてトリックがないとできないし、あんなところで事件を起こした犯人は身近な人物に決まってるし、加害者がいなければ被害者もいないんだから、こんなの定式じゃなくて、一般的なほうの常識だろ？」

「柳氏がもし誘拐されたのなら、身代金要求の電話がかかってくるし、そのためには柳氏の家にお金がなければならない。これもまた一般的なほうの常識だと思うけどね」

「……誘拐じゃないってことか？」

「定式というルールは守るためにあるけど、乗り越えるためにもある」

「わかるように説明しろよ」

「定式を守るのは大切だけど、でも同時に定式があるからこそ、それを乗り越えたり組み替えたりすることで、新しさを生み出すこともできるのさ。十八代目中村勘三郎襲名披露興行のときには、『茶・白・黒』の定式幕が使われたし、演目の内容によっては、舞台セットの定式もあっさり壊してしまう。定式という秩序があるからこそ、それをひねったりずらしたりすることで、まったく新しいものが出現するわけだ。歌舞伎はそうやって成長してきた。きみがやっている二・五次元舞台だって、定式をひねることで生まれたものでしょう？」

そういうことか。

シニカルかつ権威主義者の僕には、よくわかる説明だった。

鹿間のことばがたしかなら、『定式は絶対に守らなければならない』という定式は存在しない。

各人にある常識が、そう思わせているだけ。

「俺は、定式を守ることにしばられすぎていたってことか？」

「定式はルールであり、守らなければならないが、その反面、すばらしく融通性があるのだ。さあムギ君、あたえられた定式の中で、融通を利かせてごらんよ。そうすることで、新たな世界が見えてくるから」

「融通を利かせる……」

僕はそれが、もっとも苦手なのだが。

「事件現場という舞台。巨大テントというポイント。柳氏という被害者。そのまわりにいる六人の容疑者。マイクという小道具。暗闇という状況。テントにあるゆいいつの出入口。十五秒という制約。人がいるために使えない舞台袖……。これらを推理小説のようにあつかえとは、だれも命じていないよ。この世で起こることは、しょせん現実。探偵もいなければトリックもない」

「トリックもない？」

「トリックなんてだれが使ったの？」

「だからそれは犯人が……」

「いつまでそんな話をしているのだい。舞台上の役者たちに、犯行をおこなう時間的余裕はなかった。外部から第三者がやってくることもできなかった。きみは調査をしたのだから、そのことはわかっているはずだ。犯人なんていないのだ」

誘拐。

トリック。

そして犯人。

そういった、まさに推理小説のような要素は、定式にこだわった僕が作り上げた幻想だった。

ということがわかっても、柳が十五秒間のうちに舞台から消えた真相を見抜けない。それは僕がまだ、定式にこだわっているせいだろう。

「教えてくれ鹿間。事件の真相を」

「えー。もうちょっと脳みそを使いなよ」

「やだ疲れた降参」

「まあべつに、もったいぶることじゃないから話してもいいけどさ。ええとね、そもそもこれは事件なんて呼ぶものではなく……」

鹿間が説明をはじめようとしたところで、僕のスマートフォンが震えた。

軽い気持ちで画面を見て、戦慄する。

そこには思いがけない人物の名前が表示されていた。

耳の裏の血管が脈打ち、呼吸が荒くなる。

異変に気づいた鹿間が説明を打ち切り、「なにかあったの」とたずねる。

僕はほとんど反射的に、スマートフォンをポケットにもどしていた。こいつに知られてはいけないような気がした。

「悪い。ちょっと用事ができた。これからすぐ出なくちゃいけない。またこんど聞かせてくれ。じゃ」

「ムギ君」

「なんだ」

「ちゃんと、帰ってきてね」

「あたりまえだろ」

僕は離れを出た。

早足で路地を歩きながら、ふたたびスマートフォンを取り出す。だけど勇気というか度胸が足りず、自動販売機でサイダーを買い、時間をかけて四分の一ほど飲んだ。胃の奥が気持ち悪い。それでもなんとか落ちつきを取りもどしたので、意を決して電話をかけた。幸か不幸か、相手はすぐに出た。

「やあ」

それはまぎれもなく、柳の声だった。

「今から会えない？　みんなには秘密で」

9

　指定されたのは、西新宿(にししんじゅく)にあるファミリーレストラン。大きな窓からは、東京都庁と新宿中央公園がよく見える。僕はドリンクバーから持ってきたコーラを飲み、正面にすわる柳は、たらこパスタを食べていた。元気そうだった。こんなふうに言っていいのかはわからないが、柳にはもっと、ぐったりしていてほしかった。やってしまったことに後悔して、失踪生活に疲れて、暗い表情を浮かべていてほしかった。たらこパスタをたべるなんてゆるせなかった。

　そうだ。僕は柳がゆるせなかったのだ。

「ごめんねムギ君、なんか巻きこんじゃって」

「なんで俺なんだ」

「え？」

「なんで俺なんだ。ほかにもだれかと連絡をとってるのか」

「いや、ムギ君だけだよ」

「わかったぞ」

「なにが」

「お前は自分の意思で、舞台から消えたんだな」

「どうしてそう思うの」

「誘拐されたり、事件に巻きこまれたりしたのなら、たらこパスタなんて食べない」

「おかしな理屈だけど、そのとおり。あれは僕が望んでやったことだよ」

柳はうなずく。

罪悪感のかけらもない態度で。

それは僕の知っている柳ではなかった。僕はどう対応をすればいいのかわからなくなり、「どうやってあれを」と聞いた。

「どうもこうもないくらいシンプルな話だよ。舞台が暗くなっているあいだに、テントを出て舞台裏から消え去った。それだけ。みんなもう、すっかりわかってると思ってたけど」

「でも舞台には役者がいたし、観客の目もあるじゃないか。いくら暗転中といっても、衆人環視の中でだれにも見つからないように逃げるなんてむりだろ。テントには出入口が一つしか……」

「どこからだって出られるよ。だってテントなんだから」

恥ずかしい告白をしなければならないが、柳のことばを聞くまで、そのことに思い至らなかった。いくら巨大でも、それはテント。薄い布切れをペロンとめくれば、だれにも見つからずに舞台裏まで移動できる。律儀に出入口を使わなくちゃいけないルールなんてない。

鹿間が指摘したように、僕は定式にとらわれていた。ルールを守りすぎたせいで、その先にある世界を見られなかった。

衆人環視からの人体消失という大ネタにまどわされ、トリックがあると思いこみ、テントにあるゆいいつの出入口しか使えないと思いこみ、柳が被害者だと思いこんだ。

これも鹿間が言っていたじゃないか。

この世で起こることは、しょせん現実。探偵もいなければトリックもない。

このまま口を開けていては馬鹿だと思われそうだったので、僕は捜査状況を告げた。

「警察は、久川さんをうたがってるみたいだぞ」

柳はたらこパスタを食べる手をとめて、「どうして久川さんが」と聞いた。

「舞台裏に一番近かったのが久川さんだ。たぶん警察は、久川さんがテントの中にいるお前を引きずり出したって考えてるんだろう」

「むちゃくちゃだよ」

「お前、金を借りてるだろ。四十万」

僕が言うと、柳はすっと表情をなくしたが、すぐに苦笑で打ち消して、「知ってたのか」と言った。

「久川さんから聞いた。なあ柳、このままだと、久川さんが逮捕されるかもしれない。

それにちゃんと頭を下げて回れば、またやり直せるかもしれない」

「僕はやり直す気もないし、帰る気もないよ」

　柳は宣言した。

　意固地になっているというよりは、すでに決定された態度のように見えて、僕はとまどってしまう。

「じゃあ、なんで俺に連絡したんだよ」

「僕のやったことを、ムギ君ならわかってくれると思ったから」

「なんで俺が」

「迷惑なのはわかってるよ。ごめん」

「俺にあやまってもしかたないだろ」

「ムギ君、僕といっしょに逃げない？」

「俺には逃げる理由なんてない」

「本当に？　ムギ君はいつも逃げたがっているように、僕には見えたけど」

「お前が……俺のなにを知ってるんだよ」

「なにも知らないよ。だから今日は一日のんびりと時間を浪費して、おたがいのことを知ろうじゃないの」

「…………」

　こうして僕は逃亡者になった。

10

新宿から箱根にむかうロマンスカーには、カップルと家族しか乗っていなかった。男二人で仲良く箱根旅行なんて冗談じゃない。

「そろそろ教えろよ。お前、なんであんなことやったんだ」

僕は駅弁を食べながら聞いた。

「全部がいやになったから……って言ったら、ムギ君は納得してくれる？」

「もうちょっと説明してくれないか」

「僕らは若い。可能性がいっぱいある。でも僕は、その可能性にすがりつくのに疲れちゃったんだ……と思うよ」

「ちゃんと言えよ。自分の気持ちだろ」

「きみは自分の気持ちを理解してるの？　僕はしてないよ。それに僕たち役者の原動力は、気持ちなんかじゃない。可能性だ」

「可能性？」

「可能性があるから大変な稽古もやれるし、オーディションに落ちてもがんばることができるし、才能の差を見せつけられてもくじけないし……」

「貧乏にも耐えられるって？」

どぎつい物言いになってしまい、少し後悔する。

「僕が子供のころ、父親が蒸発してね。それからは母親が一人で育ててくれた。母子家庭ってやつ。母親のおかげで、僕と二人の弟は、学校にかようことができた。お金はぜんぜんないから、僕がバイトして入れてたけどね」

「大丈夫なのかよ。そんな状態なのにお前がいなくなって」

「母は再婚するんだ」

「それはおめでとう」

「相手は歯医者さん」

「それもおめでとう」

「お金の心配をすることは、これでなくなった。肩の荷が下りた」

「だったらこれで、役者に専念できるじゃないか。なのにどうして……」

「可能性に期待できなくなったんだ。いや、可能性にすがりつくのに疲れちゃったんだ」

「わからないな……。俺、舞台のゲネプロと初日を観たけど、お前はちゃんと、小宮右之助をやってたぞ」

「もちろんさ。だって、必死にやったもの。役者はみんなそうだろうけど、僕は舞台に立つのが夢だった。舞台に立つその日のために、その可能性を現実のものにするために、今までずっとがんばってきた。オーディションに受かってからは、いつも以上に稽古したよ。そしてとうとう、『オメガスマッシュ　THE STAGE』の初日がやってきた。すごく緊張したけど、僕は小宮右之助を全力で演じて、すべてうまくすすんで、そして一番の見せ場がやってきた。舞台が暗転して、僕は巨大テントに入った。そのとき……テントにワイヤーを引っかける十五秒のあいだに……ふっと気づいたんだ」

「今この瞬間が、自分のピークなんだって」


「ピーク？」

「このあとで、玉野井誉と戦うでしょう？　これが、この舞台が、僕の役者人生のピークなんだって気づいたわけ。これ以上に輝くことはもうないってね」

「そんなことない。お前の演技は悪くなかった……というか、うまかった。あのまま最後までやれたら、絶対に次のチャンスがあったはずだ」

「たぶんそうだろうね」

「なんだよ。フォローして損した」

「でもね、それだけなんだよムギ君。あそこで成功をおさめたとしても、縮小再生産ってやつ。似たような舞台に出て、似たような評価をされているうちに、僕は疲れてしまうだろう。そして過去をふり返って、ああ僕のピークは『オメガスマッシュ THE STAGE』で小宮右之助を演じたときだったなあ。みたいなことを思うわけ」

どうやら柳は、僕以上にシニカルらしい。

自分の限界が見えた。というのとは少しちがう。

それよりもっとひどいものが、柳には見えてしまった。

役者にかぎらず、どんな仕事をやっていたとしても、それを見てはいけない。それを見てしまったら、先にすすむことができないし、先にすすむ理由がなくなってしまうから。

「柳……お前はそんなこと考えたのか。あのテントの中で。十五秒の中で」

「それだけじゃない。あのとき僕は、さらに考えを広げてしまった。今ここで自分がいなくなってもべつにいいかなってね。ムギ君は知ってる？　自殺って突発的なものが多いんだって」

「は？」

「飛びこみ自殺した人の遺留品をしらべたら、定期券はしばらく先まで買ってあるし、その日の仕事で使う資料とか、買い物のメモなんかもあるみたいなんだ」

「死ぬつもりでホームに立つ人間は少ないってことか？　なんか、発作みたいだな」

「そうだね。まさに発作だ」

「じゃあお前はテントの中で、発作を起こしたわけだな」

「暗闇は十五秒もあった。『魔が差す』ってことばがあるけど、暗いテントの中に十五秒もじっとしていれば、『魔』なんてものは百回くらいやってくる……。こうして僕は消えましたとさ」

柳は説明を終える。

すがすがしい顔つきだった。

わかる。と言ってしまうつもりはないが、理解不能と切り捨てることもできない。すぐにしらけて、なんでも小馬鹿にして、どんなものにも熱中できない僕には、柳が味わった十五秒間が想像できてしまう。柳が遭遇した発作と、その先にある絶望を、『贅沢な悩みですな』と一蹴できない。かといって、柳の主張を受け入れるつもりもないので、僕は現実的なことばでお説教をすることにした。

「お前が消えたせいで大変だったんだぞ。みんなに迷惑がかかったんだぞ。もし水口が立て直さなかったら、舞台がどうなってたかなんて想像もしたくない」

「水口君は大活躍したらしいね。ネットで知ったよ。やっぱり、天才っているんだね。僕たちじゃ百年かかってもたどりつけないような高みに、あっさり到達する天才っているんだね。ムギ君はああいうのを見ると、可能性にすがりつくのが馬鹿らしくなったりしない？」

「……水口に感謝しておけよ。あいつがうまいことやってくれたおかげで、初日はぶじに乗り切った。だから、お前が復帰できる余地はある」

「僕は帰らないよ」

「まだそんなことを」

「信じてくれなくてもいいけど、僕はぜんぶを壊したかったわけじゃない。いろんなところに迷惑がかかるのはわかってたけど、僕はただ本当に、あのとき、あの瞬間、消えたくなったんだ」

　鉄道自殺者の弁解みたいだなと思った。

11

　ネットで予約した宿は、ホテルというよりは民宿に毛が生えたような外観だったが、箱根に格安で泊まれるのだから文句は言えない。チェックインをすませて（まさか偽名でサインするような人生になるとは思わなかった）キーをもらうと、僕たちは部屋に入った。そこは洋室だった。ツインベッド。妙に古くさい花柄のカーテン。窓から見えるのは隣のアパート。一泊五千九百円なので文句は言えない。

「ぶはぁー。生き返りすぎて死にそう」

　柳はベッドの上でつぶれていた。

　聞けば、ネットカフェやカラオケボックスを転々としていたらしく、ふかふかのベッドで眠るのは、さぞ気持ちがいいだろう。いっぽうの僕はお茶菓子を食べながら、どうしたものかと考えあぐねていた。柳と合流できたのだから、それを事務所に報告するのが一番ただしく、そして一番楽なやりかただ。あとはすべて他人が考えてくれるし、僕も責任を負わなくてすむ。でもそれはしたくなかった。

柳は僕を選んでくれた。

柳の信頼を壊すのは気が引けたのだ。

といっても、その信頼は柳が押しつけてきたものだし、運命共同体というわけでもないから、このまま逃避行をつづける気はなかった。家には連絡を入れておいたが、いつまでもこんなことをするつもりはない。ではどうしたものか。

考えるのが面倒になってきたので、「風呂に入ろうか」と提案した。

「ああごめん眠い……。ムギ君、先に行ってて」

柳は消え入りそうな声で言った。

人と風呂に入るのがじつは苦手な僕は、これさいわいと大浴場にむかう。男湯にはだれもいなかったので、贅沢にお湯を使って体を洗い、露天風呂に入った。温泉なんていつぶりだろう。そしてこんなところでなにをしているのだろう。僕はなにをすべきなのだろう。思考が空回り。ただ一つ確信しているのは、箱根にやってきたのはまちがいだったということ。温泉地なんていう、逃避に最適なところにいるせいで、僕自身もいろいろなことから逃げたくなってきていた。

部屋にもどると柳は寝息を立てていたので、僕も眠った。夢は見なかった。

そんなことをしているうちに夜になる。夕食はバイキング方式だった。エビフライ。ハンバーグ。サラダ。ソーセージ。パン。カレー。ナゲット。湯豆腐。天ぷら。カニの足。肉じゃが……。どれも魅力的だったが、箱根らしさはゼロ。

僕と柳はドリンクで乾杯した。

「柳……聞きたいんだけど」

「うん？」

「お前、自殺するつもりじゃないのか？」

「ストレートだね」

柳は笑おうとして失敗したような表情になった。

「お前の態度を見てたら、だれだって自殺くらいうたがうよ」

「僕の父親が蒸発したと言ったよね」

「ああ」

「たぶんだけど、自殺したんだと思う。父親がいなくなったあと、母親は一度も父親の話をしなかった。一度もだよ？　これってさ、父親がもうこの世にはいないってことを知ってるんじゃないかな。そしてそれを隠してるんじゃないかな」

「確認してみたのか」

「まさか」

「父親の追体験をしたいってのなら、やめておけ」

「ムギ君は、似たような経験ないかな？　というのも、僕がきみに連絡したのは、なんとなく、ムギ君ならわかってくれると感じたからなんだけど」

「気のせいだろ」

「きみがなにか、どん底を見たことがあるような気がするんだ」

隠せないなと思った。

「お前がよろこぶエピソードかはわからないけど……俺に演劇のおもしろさを教えてくれたのは、七つ離れた兄貴なんだ。いろんな舞台を観せてくれたし、今だってたくさん観てるけど、小学生のころ、兄貴にはじめて連れてってもらった舞台が、今でもナンバーワンだよ。俺はあれを観て、電流が走った」

そう、まさに電流だった。

こんなにもすさまじいものがこの世にあるのかと、まだ幼い僕は衝撃を受けた。

「その兄貴が原因で、家出しようと思ったことはあるよ」

ある日の深夜、ふと思い立ち、気づけばバッグに荷物を詰めこんでいた。がたんと物音が聞こえたとき……家族のだれかが起きたのだろう……僕は我に返った。自分で準備した荷物が、ひどく気味の悪いものに見えてクローゼットに突っこみ、そのまま寝た。

朝起きてみると、家出の衝動は消えていた。

僕は今でも考える。

あのまま家出をしていたら、帰らなかっただろうと。

行くあてなんてなかったが、帰らなかっただろうと。

「ムギ君も魔が差した経験があるんだね。だけど、それには乗らなかったんだね。それで、お兄さんは、今なにを……」

「自殺した」

「ごめん。考えれば、わかることだったかもしれない」

「べつにいいさ。ずっと前のことだから。今は、なんとか、乗り切ったしな」

「どういうふうに、乗り切ったの？　その、どん底から」

「まわりの人が助けてくれた。今はひきこもりになってる同級生とか、あともう一人、おかしな先輩がいて、そういう人たちが助けてくれたおかげで、今がある」

「まわりの人が助けてくれた……か」

「お前だってそうだろ。月並みなことを言うけども、これ以上、みんなの信頼を裏切ったらだめだ。どうするんだよ、これから」

「どうしようかね。逃走用の資金もそろそろ尽きるんだ」

「なあ柳、俺はべつに、お前が役者をやめてもいいって思ってる」

「うん」

「けどさ、とりあえず東京にはもどろうよ」

「……うん」

「温泉まんじゅう食べながら東京にもどろうよ。俺もいっしょにもどるから」

　こうしてなんとか、鼓動が高鳴っていることをうまく隠して、会話を終えた。

12

翌朝。

僕たちは温泉まんじゅうを買い、ふたたびロマンスカーに乗った。

こんどは逃げるためではなく、もどるために。

温泉まんじゅうを食べ、口内の甘味を緑茶で洗っているうちに、終点の新宿駅に到着した。僕と柳はロマンスカーを降りた。

柳の両足が駅のホームについた瞬間、数人の駅員が近づいてきた。その背後には制服姿の警官。背後から突き飛ばされた僕の体を、駅員たちがあわてて受け止める。警官がさわいでいる。怒号。足音。柳は確保されることなく、どこかへ逃げ去ってしまった。

13

僕も全速力でホームを抜けて警察から逃れ、柳を追いかけたが、見うしなってしまう。

急いで柳と共演した六人に連絡をとった。新宿駅で合流したのは、入井と久川さんと谷崎と水口の四人で、陣内さんと猿橋さんは車で捜索するとのこと。

「柳はなんで逃げ回ってるんだ？　誘拐されたんじゃなかったのか？」

入井がたずねる。

真相を話せばひどいことになるのは予想できたので、「さあ」とだけ告げた。

入井は不審そうに目を細めた。

「なんにしても早く見つけよう。柳君だって、見つけてもらいたがっているはずだから。さあ出発だ。各自、連絡をおこたらないように」

久川さんはまとめるように言うと、自転車で走り去った。

入井と谷崎は地下鉄に消えた。

そこで気づく。

水口と二人きりということに。

人でごった返す新宿駅の中でも、水口の存在感は格別だった。派手な髪型にしたり、おかしな服を着たりすることで、どうにか自分を目立たせようと躍起になっている連中とはちがい、静かな光をまとっていた。舞台から降りた瞬間にオーラの消える役者はたくさんいるが、脂の乗った水口は、頭のてっぺんから爪先までぴかぴかだった。王子さまだった。

「僕たちも急ごう。ムギ君、足ある？」

王子さまがこちらを見た。

「いや、自転車は家に……」

「じゃあバイクにいっしょに乗ろう」

「お前、バイク乗るの？」

「原付二種だけどね」

駐輪場には黄色のバイクがあった。ヘルメットを借りた僕は、少し迷ったが水口の腰に手を回す。華奢で筋肉質な腰だった。

発進。

バイクは迷うことなく国道に入る。

「おい水口、柳がどこにいるのか知ってるのか」

僕が叫ぶと、水口は自分の尻ポケットを叩いた。こいつを見ろという合図だと判断してスマートフォンを抜き取る。表示されたままの画面には、都内にある自殺の名所が地図つきで載っていた。JR新小岩駅。高島平団地。奥多摩湖……。

赤信号の停車を利用して、僕は言った。

「なんで、柳が自殺すると思ってるんだ」

「柳君はみずからの意思で舞台を降りた」

知ってたのか。ということばをなんとか呑みこみ、「そうかもしれない」と言った。

「役者が自分の意思で舞台を降りたのなら、それはもう、帰ってくるつもりはないってことじゃないかな。自殺するかどうかはわからないけど、帰らないと言っているのなら、帰らない場所に行くしかないと思うんだ」

水口の説明は感覚的なものだが、僕はそれをすっと理解できた。柳は実際、死に引き寄せられている。急がなければならない。

　とはいえ東京は広かった。自殺の名所も点在していて、移動するだけで丸一日かかってしまうし、柳が本当にそのようなところにいる保証もない。それでも僕たちはバイクを走らせ、仲間たちと連絡を取り合った。

　柳は見つからなかった。

　さすがに疲れたので休憩することにした。

　公園の脇にバイクを停め、ベンチに腰かける。背筋をのばすと、ぱきぱきと背中が鳴った。時刻はすでに午後五時。日が暮れる前にケリをつけなければならない。

　僕たちはならんでコーラを飲む。

　水口とこんなにもいっしょの時間をすごすのはひさしぶりだ。

　昔……といっても数年前だが……まだ無名だった水口とオーディションを受けたとき、よくこんなふうにすわり、あれこれ話したものだ。

「水口、怒ってないのか。柳が舞台をめちゃくちゃにしたことに、気づいてるんだろ？」

「僕がいるかぎり、舞台がめちゃくちゃになることはないよ。実際、初日は大成功させた」

「たいしたもんだな。俺なら怒るけどな」

「どんなに条件が悪くても、いかなるトラブルがあっても、かならず成功させてみせるのが舞台人さ。って、えらそうな感じになっちゃったね。もちろん僕だって失敗するし、グチだって言うよ。でも、絶対にこれだけはしないっていうルールを一つ決めてあるんだ」

「ルール？」

「絶対に、人のせいにしない」

「変わったな」

「そうかな？」

「だって、昔はぜんぶ人のせいにしてたじゃないか。演技がうまくいかないときは演出家のせいにして、舞台が失敗したときは観客のせいにして……」

王子さまになる前の水口は、すべてに敵意をむけていた。脚本に、演出に、観客に、仲間にも文句をぶつけて、自分が最強というアピールだけをくり返していた。そんな水口が僕には魅力的に映ったし、そんな水口を最強だとも思った。あのころの水口が好きだった。

「なんか恥ずかしいなあ。そんな時代の僕をおぼえてるのは、ムギ君だけだよ。当時は、すべてを人のせいにすることで、自分自身をたもっていたのかもしれない」

「そんなお前も悪くなかったけどな。なんかすごい演技だったし」

「あのままじゃ僕は評価されなかっただろうね。二・五次元舞台というこのジャンルで、僕は自分なりの戦いかたを見つけることができたんだ。ムギ君は？」

「俺は試行錯誤だよ。なんだかよくわからないってのが正直なところだ」

「きみならすぐに見つかるさ」

「だといいけど」

「柳君はどうだろう」

「あいつもまだ見つけてない」

それどころか、見つけられなかったと宣伝しているようなものだ。

「行こうか。柳君が見つけられなかったのなら、僕たちで見つけてあげないといけない」

ふたたびバイクに乗ろうとしたとき、久川さんから連絡がくる。

柳を中野(なかの)で見つけたとのこと。

ただし場所はマンションの屋上。

14

僕たちが四階建てマンションの屋上に到着したとき、柳と久川さんはむかい合っていた。

緊迫した空気というほどではなかったが、おたがい真顔で、そして無言だった。

僕は言った。

「柳、なにしてんだよ」

「やあムギ君。たしかにね。まったく僕ったら、なにをしてるんだろう」

「早まってなかったら、こんなことになってないよ」

「みんな、やっときてくれたねぇ。柳君はずっとこんな調子なんだ。話はしてくれるけど、聞いてはくれない」

「聞いてますよ久川さん。僕はそのうえで言ってるんです。帰らないと」

「柳君……」

「というわけで帰ってください。これ以上、屋上にぞろぞろ集まったらさわぎになるし、そうなると僕も、面倒なことをやらなくちゃならない。僕としても久川さんに、四十万円をお返ししたいんです」

「いいよそんなのは」

「帰ってください。一人になりたいんです」

「一人になってどうするの？」

久川さんの問いに柳は答えず、口もとだけで笑った。

そうこうしているうちに、陣内さんと猿橋さんが、入井と谷崎を連れてやってきた。

屋上に、『オメガスマッシュ THE STAGE』の出演陣が集まる。

となると、あのとき客席にいた僕は観客か。

「おいこら柳！　ふざけたことしてんじゃねえよ。なにがなんだかわからんが、とにかく帰るぞ！」

「早まるなよ」

荒々しく前に出ようとする入井を、陣内さんと猿橋さんが押さえつけた。

柳は反応しない。

屋上は沈黙につつまれている。

ときおり吹く突風に、髪や服を乱されるだけで、だれも動けない。

屋上のむこうには夕焼け空が広がり、カラスの鳴き声や救急車のサイレン音が聞こえる。柳はそんな風景をバックに、よくできた幽霊の映像みたいに立っていて、僕はなにをどう連想したのか、兄のことを思い浮かべた。

なんとかしないと。

このままでは柳は閉ざされてしまう。

やってはならない結末にむかってしまう。

僕はふたたび言った。

「お前はこれでいいのか。たぶん、今しかチャンスないぞ。このチャンスを逃したら、二度と帰ってこられないぞ」

「だから帰るつもりはないって」

「こんなのは家出とおなじだ。そりゃ最初は気分がいいかもしれないけど、そのうちやることなくなって、金もなくなって、帰るきっかけもなくなって、最後はむなしくなるだけだ」

「そうかもしれない。正直、ちょっと面倒になっているもの。自分のスタンスが」

「だったら帰ってこいよ」

「僕は、ゆるされないことをした。勝手に舞台から降りた」

「大丈夫だ。あやまればなんとかなる。人を殺したり家を燃やしたりしたわけじゃないんだから」

「いいんだムギ君。僕はもう、いいんだ」

「柳……」


「このテントは、小宮君が張ったのかい？　キャンプ楽しそうだね」


不意に声がした。

ふり返ると、今までだまっていた水口が……ちがう。

水口ではない。

髪も顔も服もたしかに水口なのだが、表情が、仕草が、気配が、まったくの別人であることを告げていた。

玉野井誉。

『オメガスマッシュ『THE STAGE』の主人公、玉野井誉。

「このテントは、小宮君が張ったのかい？　キャンプ楽しそうだね」

水口はふたたびセリフを発して、前に出る。

いかにも玉野井誉といった歩調で。

柳はその様子を、無感動な目で見ていた。

怒りも、よろこびも、悲しみも、興奮も、感動も、なに一つ観測することができなかった。

玉野井誉を演ずる水口も柳を見つめながら、「このテントは、小宮君が張ったのかい？　キャンプ楽しそうだね」とセリフをくり返す。あの日の、あの舞台のセリフをくり返す。

そしてとうとう、柳の正面に立った。

「このテントは、小宮君が張ったのかい？　キャンプ楽しそうだね」

「…………」

「このテントは、小宮君が張ったのかい？　キャンプ楽しそうだね」

「……えぞ……」

反応。

柳がなにかつぶやいた。

「聞こえない。それじゃ聞こえないよ」

「な……ん……ねえぞ」

「聞こえない」

「……てんじゃ……ぞ」

「聞こえない」

「なめてんじゃ……ぞ」

「聞こえない」

「なめてんじゃねえぞ！」

柳は叫んだ。

まるで一つの爆発のように叫んだ。

「なめてんじゃねえ！　なめてんじゃねぇ！　なめてんじゃねえぞ！　おい、おいこの野郎。なめんなよこの野郎！　俺は！　俺は！　俺は！」

屋上全体に柳の絶叫が響き、それは夕焼け空に谺(こだま)して消えた。

水口をのぞく全員は、戦慄のあまり動けなかった。

でもこれでいい。

なぜならこれは小宮右之助と玉野井誉の対決だから。

ほかのメンバーはただの風景であり、そして僕は観客だから。

柳は水口をにらみつけた。

「なめてんじゃねえぞ玉野井！　俺はここで修行してたんだよ！」

「キャンプの修行？」

「卓球の修行に決まってるだろ！　てめえ、余裕かましてんじゃねえぞ。エースはこの俺だぞ！」

「エースは僕さ」

「俺の新しい技を食らったあとでも、おなじこと言えんのか？」

会話が不穏なものになるにつれ、聞こえるはずのないBGMが聞こえはじめる。ドムドムドムドムという四つ打ちのビートが、二人の鼓動のメタファーとなり、玉野井誉と小宮右之助はにらみ合い、BGMの緊張がピークにさしかかると、見えるはずのないプロジェクションマッピングの映像が空いちめんに展開された。

ラストシーン。

ここからは水口と柳、二人だけの世界がはじまるのだ。

「玉野井、修行の成果を見やがれ！」

「見せてもらうよ小宮君」

「いくぜ！　ハイパー小宮、爆・誕！」

ありもしないテントに飛びこみ、数秒もしないうちに出てきた柳は、ありもしない衣装に身を包んでいた。柳は水口の前に立つと、「勝負だ！」と叫び、それを合図に対決がはじまる。といっても、ここに卓球台はない。二・五次元舞台でスポーツものをやる場合、手に持てる物以外はあまり小道具を使わなかった。そして今はラケットもなかった。BGMも、照明も、舞台すらも。それでも柳と水口は、屋上を舞台に見立てて試合をつづけ、激しいラリーの応酬のすえ、先にポイントを取ったのは玉野井誉。小宮右之助は吹き飛ばされるように倒れこむ。

「これで終わりかい？　小宮君」

「心配すんな。本番はここからさ」

そう、ここからが、柳の最大の見せ場だった。このあと柳はふたたび巨大テントに入って早替わりをすると、ワイヤーで吊った巨大テントが、小宮右之助の噴き出すパワーによって上空へと吹き飛ばされるのだ。そしてスーパーハイパー小宮と化した小宮右之助が、ついに玉野井誉からポイントをうばう……という流れだった。

ここに巨大テントはないが、そんなことはどうでもいい。

「スーパーハイパー小宮、爆・誕！」

柳は叫び、ありもしないテントに入った。水口と入井と谷崎がそっと動き、見えないテントに見えないワイヤーをとりつける。柳は微動だにしない。巨大テントにワイヤーがとりつけられるあいだ、じっとしていた。

十五秒後。

見えない照明がぱっとつく。

「さあ小宮君、テントから出てきなよ。きみの真の力、見せてもらおう」

水口のセリフをきっかけに聞こえないＢＧＭが消え、見えないワイヤーがいきおいよく巻かれ、見えない巨大テントが一気に引き上げられた。

そこには柳が、

いた。


「待たせたな」

柳が言う。

それはあのとき舞台上で言うはずのセリフだった。

「待ったよ」

水口もまた、あのとき言うはずだったセリフを発する。

「勝負だぜ！」

二人は全力でダッシュし、見えないラケットをふり、熱演をつづけた。ふと見ると、久川さんたちは屋上のすみに立っていた。『オメガスマッシュ　THE STAGE』の本番とおなじ位置、おなじ順番で。

いっぽうの僕は、役者たちによる舞台の再演を見つめながら、しらけていた。ひどい三文芝居だと思い、なにを真剣にやってるんだとも思った。

そう、彼らは真剣だった。

本気でラストシーンをやっていた。

柳と水口は汗びっしょりで演じ、久川さんたちはそこに熱い眼差し（まなざし）をむけて、僕はしらけている。こんな状況になっても、冷めている自分がいやだった。あるいは必死に抵抗しているのかもしれない。自分の中から湧き上がる熱い気持ちに抵抗しているのかもしれない。その証拠に鼓動が高まり、気づけば拳をにぎっているではないか。

「くらええええ！　千手観音！」

「むだだよ。胡蝶の舞！」

「くそが、くそがあああ！　俺は負けねえぞ！　俺はやるんだ。やってやるんだ！　俺はここまでの男じゃねえ！　強くなってやるんだ。俺は絶対に強くなるんだ。強くなる。絶対に絶対に強くなる。強くなってやるぞ。強くなってやるからな。強くなってやるんだ！」

どんなに柳がそれを切望したところで、役者が脚本を変えることはゆるされない。最後に勝つのは主人公である玉野井誉なのだ。玉野井誉と同化した水口が必殺技を放つと、小宮右之助と同化した柳は吹き飛ばされた。柳は屋上をごろごろころがり、そして止まった。

試合、終了。

僕は圧倒的な気恥ずかしさを感じつつ、同時によくわからないがものすごいものを観ている気持ちになっているのもたしかで、兄に連れられてはじめて舞台を観たときも、これとよく似た感情になったことを思い出した。

鹿間から聞いたことがある。歌舞伎は最初、屋外でやっていたらしい。舞台もなければ幕もなく、常識もなければ定式もない原始の歌舞伎は、もしかしたらこんな感じだったのかもしれない。

15

連れもどされた柳は、頭を下げて回った。

責任をとる。というかたちで柳が役者をやめたことで、話はついた。

とはいえ、うちの事務所にはなんらかのペナルティが科せられただろうが、マネージャーの三上さんは、「お前たちに迷惑はかけんよ。大人にまかしておけ」と言うだけで、くわしいことは教えてくれない。わかっているのは、柳がこの業界から完全に消えたことだけ。

こうして今日もまた一人、舞台から役者が消えたのだった。

16

すべてが終わってからというもの、鹿間の離れに入り浸っている。僕はその日もだらだらと本を読んでいた。ちっとも頭に入らないが、それは本にかぎったことではない。仲間たちが交わすことばも頭に入らなかった。彼らの話すことばが、自分とは関係のないものに思えてしかたがなかった。人はこうなると、世間から距離を置くのだろう。鹿間もそうだったのかもしれない。

　そんなひきこもりの大家である鹿間の暮らしはシンプルで、僕が部屋にいるあいだ、ひたすら本を読んでいた。今日は将棋の本を読んでいる。昨日はアイドル論を読んでいて、一昨日は漫画だった。節操がない。

「やれやれ。あれだけひきこもりを否定していたムギ君が、読書三昧とはね」

　鹿間が皮肉を言ってきた。

「好きに言ってくれ」

「なにかオーディションは受けないの？」

「ウチの事務所には水口がいる。俺なんてお呼びじゃない」

「いじけてるね」

「俺が毎日上がりこんでくるのが迷惑っていうならやめるよ」

「べつに、いつまでいてくれてもいいよ。そうじゃなくて、その、大丈夫？」

「なにがだ」

「今のムギ君は、あのときとおなじだよ。きみのお兄さんが……」

「そんなんじゃない。日常生活には、ちゃんともどるさ。あのときはお前のおかげで、もどってくることができた」

「いや、あれはビビ先輩のおかげさ。僕なんて、なんにもできなかったよ」

　ビビ先輩というのは、兄の親友であり、僕たちの先輩だ。

鹿間はどういうわけか、ビビ先輩に一目置いているのだが、さっぱりわけがわからない。あんな奇人の、どこを評価しているのだろう。めちゃくちゃをやっているだけだと思うのだが。

鹿間は心配そうな視線を僕にむけていて、なんとなく恥ずかしくなったこともあり、攻撃してやることにした。

「なあ鹿間、聞いてもいいか？」

「うん？」

「柳から電話を受けて、俺がこの部屋を出たあと、警察に報せただろ」

ずっと気になっていた。

どうして警察が新宿駅で待ち伏せできたのかを。

早い段階で柳の居場所がわかっていたら、そこで確保されていたはずだ。つまり警察が柳を発見できたのは、僕のあとをつけたから。僕が柳と合流することを知っていたうえで、警察は僕を尾行した。あの場面で鹿間が通報するほかに、そんなタイミングはない。

鹿間はしばらく無言だったが、あきらめたように本を閉じると、「弁明してもいいかな」と言った。

「ムギ君はあのとき、スマートフォンの画面を見て、いきなり飛び出した。ふつうは柳氏から連絡がきたと思うし、心配にもなるよ」

「だからって、警察にチクるやつがあるか」

「僕は本当に心配だったのだ。きみになにかあったらと思うと……」

「俺はうまくやってたんだ。柳と会って、しゃべって、いっしょに東京にもどってきたんだ」

「そうだね。きみは自分の力で、今回のできごとを解決しようとした。それは僕にはできないことだった」

「だから通報したって？」

「怒ってる？」

「俺に話してくれなかったことはな。鹿間……お前はすごかったよ。あっさり謎を解いてさ。お前にそんな才能があるなんて知らなかった。だからよけいに、腹が立つんだ。どうしてそのとき話してくれなかったんだ。どうして隠したんだ」

「話そうとしたらきみがいなくなったのだし、きみだって柳氏からの連絡を隠したじゃあないか」

「あ、そういえばそうだ」

「たしかに僕は、柳氏が消えた理屈ならすぐにわかった。だけど、柳氏の心の奥底はのぞけなかった。柳氏がなにを考え、なにを望み、なにをされたくないのかはわからなかった。僕は探偵じゃあないからね」

「俺だってそうだよ。今も、柳の考えてることを本当に理解できたかはあやしいところだ。でも、そんなことにおびえてないで、人間関係をやってくしかないだろ」

「さすがはムギ君」

鹿間はなぜかうれしそうな表情を浮かべて、なぜか拍手をした。

他人のことなんてわからないし、自分のことだってわからない。でもそんなのはふつうだ。これが基本線だ。僕たち役者は、そんな不安定な中で他人を演じている。なんともおかしな商売だと思った。


「どうすれば主役になれるんだろう」

気づけば僕は、独り言のようにつぶやいていた。

「俺、今回のことでよくわからなくなったよ。みんな必死に動いて、なんとか自分を主役にしようとしてるけど、俺はあんまりそういう柄でもない気がしてさ。でも、それをみとめるのもいやだな。脇役なんてごめんだからな」

「ワキ僧は、煙草盆でも、欲しく見え」

鹿間は唐突に言った。

「なんだそれは」

「能には、ワキという役割がある。ワキって知っているかな？　能舞台のはしっこですわるだけの、見るからにひまそうな役者のことだけど」

「まあ、なんとなくはわかるよ」

「ちなみに、能面をつけて、綺麗(きれい)な衣装を着て、舞台のまんなかで語ったり舞ったりする役者をシテと呼ぶ。いわゆる主役だね」

「じゃあワキは脇役か？」

「ちょっとちがうよ。主人公であるシテが、幽霊や精霊といった非人間的な存在であるのに対して、ワキは人間……僧の姿をしていることが多い。能のほとんどは、旅をしているワキが、とある場所でシテと出会うというフォーマットで作られている」

「ふーん、能ってオバケと坊さんの話だったのか。やっぱりあれか。坊さんだからオバケが見えるとか？」

「落伍(らくご)者だからだよ」

「ラクゴシャ」

「人生に失敗したり、人生がいやになったりしてしまった人のこと」

「わお」

「人生にしくじり、自分の舞台では主役になれなかった。そんな彼らだからこそ、この世とあの世の境界線上に立つワキになれた。そしてワキは、シテの話を聞いてあげるのさ。シテがどうして出現するのかというと、この世に未練を、解決すべき未完の思いを胸にかかえているからなのだよ。ワキはそんなシテにむけて、ただ問いかけるのさ。『どうしたの？』とね。だけどシテは混乱していて、最初は自分の気持ちがわからない。

それでも『どうしたの？』と質問をくり返すことで、シテの思いが解かれていく……。これがシテに対するワキの役割なのだ。悩みを『分く』というわけ。今で言うところの、心理カウンセラーかな」

「それか探偵だな」

「シテが犯人で、ワキが探偵というわけか。たしかに犯人もシテも、本当は告白したがっているという意味ではいっしょだからね。実際、自分の気持ちがはっきりわかったシテは、勝手に語りつづける。そうなれば、ワキはなにもしなくていい。ただすわって、話を聞いて、舞を見ているだけでいい。このなにもしない状態のシテが、観客からはひまそうに見えたので、煙草盆でも差し入れてやりたくなったそうだ」

「ああ。それがさっきの川柳か」

「ムギ君は今回、ワキとしての役割をはたしたと思うよ。シテほどは目立たなくても、ワキがいなければ能は成立しない。ワキはけっして脇役じゃあない」

この友人はもしかして、僕をはげましているのだろうか。だとすれば、なんて下手くそなのだろう。

だけど今の話で、一つのできごとがクリアになった。

屋上でおこなわれた三文芝居。

あれは、対話だったのではないか。

水口がワキとなって、柳というシテが語り、舞う。

それがあの芝居の本質だったのではないか。

もしあれで柳の心が晴れたのなら、僕は観客として拍手を送らなければならない。ちょっと遅いけど。でもまあ、本当の拍手なんてものは、ちょっと遅れてやってくるものなのだ。

僕が納得していると、鹿間はいたずらっ子のような表情を浮かべながら、「ところでムギ君は、これを知っている？」と言ってノートパソコンを見せてきた。

そこにはおどろくべき情報があった。

鉄砲塚真太郎（てっぽうづかしんたろう）が、二・五次元舞台の脚本を書いてみたいと、ネットのインタビューで公言していたのだ。

鉄砲塚　わたしは最近、二・五次元舞台に関心を持っています。いつか脚本をやってみたいですね。彼らの舞台を観ると、現代演劇よりも『型』を……そうですね、型紙産業を引き継いでいるなって感じるんですよ。
――型紙というのは、着物の生地に文様を染めるときに使うあの型紙ですか？
鉄砲塚　明治になると日本の型紙産業は衰退するんですが、その文化を無意識的にせよ引き継ぐのが、ルネ・ラリックというフランス人なんです。ラリックって、『箱根の美術館にならんでいるガラス作家』というイメージしかないでしょう（笑）。

——たしかに、それ以上の印象はないですね。

鉄砲塚　ラリックの花器や香水瓶を見ると、型紙から影響を受けたとしか思えない作品が多くあり、実際それは、使い道をうしない海外に流出した型紙を参考にしたといわれています。日本では消えた文化が、海外で花開いたわけです。

——その種のジャパニズムは、ゴッホの例を思い浮かばせますね。ゴッホは浮世絵から多大なる影響を受けました。

鉄砲塚　演劇界から二・五次元舞台を見ても、いきなり現れた鬼子のようにしか見えませんし、本当にそうなのかもしれませんが、彼らのほうがむしろ、演劇の『型』を継いでいるような気がします。わたしはこの逆転現象に、可能性を見出していますよ。彼らとなら、わたしの求めていた世界を作れるかもしれません。

鉄砲塚真太郎。

現代演劇界のホープ。

僕は鉄砲塚真太郎のファンだった。僕好みの世界を描き、かといってマニアだけをターゲットにしているのでもなく、会場の規模は年を追うごとに大きくなってきているという。芸能人がトイレを借りに家にやってきたような展開に、理解が追いつかない。

あの鉄砲塚真太郎が、僕のいる世界に興味を持っている？

「よっこらせ」

僕はわざと声を出して立ち上がった。

「ムギ君、どこへ？」

「帰るよ。明日から稽古をしなくちゃ」

僕は挨拶もしないで離れを去った。

外はまぶしく、夏まっさかりという感じだった。なんとなく、足腰に力がもどってきたような気がする。歩けるだろう。この日常を歩けるだろう。そう思った。気持ちの整理はつかないが、きっとみんなもそうだ。だれもが悩みをかかえながら、それでも日常という世界を歩いている。とりあえず、こんなにもベタな思考ができるようになった僕は、以前にくらべれば図太くなったはずだ。


「ムギ君」


ふり返ると、離れの窓から鹿間が顔を出していた。

白い顔と長い髪が、降りそそぐ日差しとまったく合っていない。昼間に出てくる幽霊のように滑稽だ。だけど鹿間は、幽霊でもなければ座敷童子でもない。僕とおなじ十八歳で、僕とおなじ人間だ。外に出て、学校にかよって、友達と遊ぶことができるし、そのような時期があった。こいつはどうして、部屋から出ないのだろうか。それを僕に話してくれる日がくるのだろうか。

「気をつけろよ鹿間。いきなり太陽の光を浴びたら溶けるぞ」

僕はいろいろな気持ちを押しこめて言った。

「さっきの話だけど、ムギ君がワキで、僕がシテという関係はどうかな」

「は？」

「それなら僕、探偵をやれると思う。つまりその……きみが聞いてくれるのなら、ちゃんと話せると思う」

「ああ。いいかもしれないな」

「またこまったことがあったらきてね」

「こまったことがなくてもくるさ」

「じゃあね」

「じゃあな」

僕は軽く手を上げ、歩き出す。少しすすんでからふり返ってみたが、屋敷をかこむ木がじゃまで、鹿間の姿は見えなかった。

第二幕
殺人オーディション

1

「諸君らには、ここで殺人推理劇をしてもらう」

鉄砲塚真太郎（てっぽうづかしんたろう）は、ペンションに到着するなりそんなことを言ったので、僕たちはとりあえず、深いため息を吐いた。

「……この合宿は、役者たちの親睦（しんぼく）を深めるためって聞きましたけど？」

ほとんど文句に近い質問をしたのは入井（いりい）だ。

「あれは嘘。諸君らに先入観を持たせないためのね。もっと言うなら、諸君ら七人の合格はまだ確定していない」

「はあ？」

「このペンションでおこなう殺人推理劇が、真のオーディションとなる」

「俺たちは受かったって事務所から……」

「受かったよ、一次オーディションにはね。だから二次オーディションを開催するわけだ。これに合格した者だけが、『暗黒探偵　ザ・ライブミステリ』に出演できる」

鉄砲塚真太郎は表情を変えずに宣言すると、黒いフェルト帽に手をやり、深々とおじぎをする。僕たちは芝居がかった動きを見つめながら、やはり深いため息を吐いた。

「あらら。なんだか大変なことになっちゃったみたいだね」

水口だけが、いつもと変わらない微笑を浮かべた。

2

鉄砲塚真太郎。

劇団『世田谷クラブ』の代表。『エンザイ先生』『ね、死ななくなったでしょ？』『キリング・ホリデー』『なごみ荘の惨劇』など、数々の傑作舞台を生み出した若手脚本家で、現在三十五歳。ぬるい客に媚びを売るわけでも、演劇マニアだけを相手にするわけでもない、その絶妙な距離感に魅せられた僕は、例のことばを使うならば、ファンだった。そんな鉄砲塚真太郎の最新作が『暗黒探偵　ザ・ライブミステリ』で、それは漫画を原作とした二・五次元舞台だった。

だれが言い出したのかは知らないが、二・五次元舞台ということばがある。

漫画、アニメ、ゲームといった二次元の娯楽作品を、実際の役者が演じる、最新型のメディアミックス。最初はイロモノあつかいを受けたし、ひどいレベルの作品もあったが、クオリティの向上とともに評価されはじめ、今やかなりの金が動くようになってきた新文化。

演劇界で地位を築きつつある鉄砲塚真太郎が、どうして二・五次元舞台に目をつけたのか、僕にはよくわからない。ぱっとしない役者がすり寄ってくるケースはあるが、脚本家となるとめずらしく、なにより鉄砲塚真太郎は成功者。こんなところにくる理由はないはずだ。

今回の合宿で、鉄砲塚真太郎の真意がわかるかもしれないと期待していたが、どうやらそんなことをさぐるひまはなさそうだった。

「どーもどーも。こんな天気の日に、東京からよくきてくれました。なんか雪も降ってきちゃったし。いやあまいった。晴れの予報だったんだけどなあ。今年は冬がくるのが早いみたいだね」

軽い口調とともに現れたのは、どの角度から見てもアウトドア全開の男性だった。黒縁眼鏡。口ひげ。よれよれのネルシャツ。カシオの腕時計でも巻いていれば完璧だろう。

そんな男性は、「寒かったでしょ。さあどうぞ」と言ってホットココアをくばってくれたが、ショックから抜けきれずロビーでたたずむ僕には、口をつける元気がなかった。

せっかく、ついに、とうとう、オーディションに受かったと思ったのに……。

「こちらは柏崎(かしわざき)さん。このペンションのオーナーだ。今回の二次オーディションのために、ペンションの貸し切りを許可してくださった」

鉄砲塚真太郎が紹介した。

『スノーギャリコ』にようこそ。オーナーの柏崎です」

「よろしくおねがいします！」

まだ混乱していたが、それでも声をそろえて挨拶した。事務所からみっちり教育されている僕たちは、どんなときでも『気持ちのいい挨拶』ができるようになっているのだ。

「まあ貸し切りといっても、冬期営業前のところを早く開けただけだし、そんなわけだから不便を感じるかもしれないけど、ゆっくりしていってください。では鉄砲塚さん、みんなの荷物を部屋にはこんでもいい？」

「いや、その前に例の件がありますので」

「こんどはなんすか？」

入井がふたたび噛みつく。

「全員、スマートフォンやタブレットといったすべての電子機器を、今ここで提出しなさい」

「提出って、なんの権利でそんな」

「諸君らには、ここで殺人推理劇をしてもらう」

「さっきも聞きましたけど」

「タイトルは『白い山荘』。今回のオーディションのためにわたしが書き下ろした密室劇だ。スキー部の高校生たちが、雪によって閉じこめられたペンションで連続殺人事件に巻きこまれるというあらすじ。ここは雪に閉ざされてはいないが、シチュエーションとしてはうってつけだ」

「悪趣味っすね」

「よく言われる」

「それで、スマホを没収する理由は？」

「だからシチュエーションだよ。雪に閉じこめられ、外部と連絡がとれないという状況を作るために、電話はこちらであずかる。わたしのやりかたが気に食わないというのであれば、今すぐ帰宅の準備をはじめてくれ。諸君らが乗ってきたバスは、あと五分くらいは待っているから」

3

窓から見えるのは一面の雪景色。

長野についたときから降っていた雪はいきおいを増し、ただでさえ白い風景を、さらなる純白で染めようとしている。僕たち七人の役者は、二階にある個室にそれぞれ割り当てられたが、僕と入井は水口の部屋に集まっていた。とくべつ仲よしというわけではなかったが、事務所の同期という連帯感と、ちょっとした不安感がそうさせた。

「つーかなんだよ二次オーディションって。だましじゃねーか！　聞いてないっての。受かったと思ったのに冗談きついぜ。郷里の母ちゃんが悲しむぜ」

入井は新潟県出身で、高校を中退して上京し、ウチの事務所に入った。東京で生まれて、ぼんやり役者をしている僕とはちがい、腹をくっている。そのぶん、だまされた怒りは激しいのだろう。

いっぽう、水口は飄々としていた。

「さすがは鉄砲塚真太郎といったところだね。くせのある人物とは聞いていたけど、こんなふうにしかけてくるとは思わなかった」

「長野くんだりまできて、オーディションに落ちて帰るなんてことになったら、笑い話にもならないぜ」

「腹を立ててもしかたないよ入井君。事務所は織りこみずみだろうから」

「あ?」

「よく考えてごらんよ。オーディションの合否に嘘を混ぜるなんて、そんなのは絶対にゆるされないことだ。スケジュールが狂ってしまう」

「それより精神状態が狂っちまうぜ」

「にもかかわらず、こんなむちゃが公然とおこなわれている以上、事務所はすべて知っていたと考えるべきじゃないかな」

「なんだよ水口、そういうのはスマホを取られる前に教えろっての。抗議の電話もできやしねー」

「この趣向を提案したのは鉄砲塚さんだろうけど、事務所もそれに乗った。共犯関係というわけ。だったら苦情を入れるより、期待に応えなくちゃ」

水口弘樹。

二・五次元舞台の業界で、今もっとも注目されている若手役者。

愛称は、王子さま。

今年の夏、はじめて主役を張った『オメガスマッシュ THE STAGE』は、いろいろあったが大盛況で幕を閉じ、水口の人気は加速した。先日はとうとう、二・五次元舞台の専門雑誌の表紙を飾った。

スタート地点はいっしょだったのに、水口ばかりがみとめられ、スターの階段を上がっていく。これ以上、差をつけられるわけにはいかなかった。やっとオーディションに合格して、おなじ舞台に立つことができると思ったら、このざまだ。僕は怒りの中で、わたされた脚本を読んでいた。

そしておかしなことに気づく。

「……これ、途中までしか書かれてないぞ」

鉄砲塚真太郎が書き下ろしたという『白い山荘』は、なんとも中途半端なところで終わっていた。

スキー合宿でやってきたペンションが雪に閉ざされ、基地局が停電したとかいう理由で電話もつながらなくなり、陸の孤島となったペンション内で連続殺人事件が起こり、スキー部部長が探偵役となって犯人を見つけようとする……という内容なのだが、途中で終わっているのだ。

「もちろん気づいているよムギ君。分量は七割くらいかな。まるでページを破られたような脚本だね」

水口はなんでもないふうに答えた。

「これはどういうことなんだ。つづきを俺たちで作り上げろっていうんじゃないだろうな。そんなオーディションはこまるぞ。ワークショップじゃあるまいし」

「ムギ君、そんなことは考えてもしかたないよ。オーディションを仕切っているのは、鉄砲塚さんただ一人。教えてくれとたのんでもむだだろうし、文句をつけたところでだれも助けてくれない」

「そうかもしれないけど、かんじんの脚本が途中で終わってるんだぞ。これじゃ演技なんてできない」

「大丈夫。むこうからしかけてくるよ。それも近いうちにね」

「なんでそんなことわかるんだ」

「僕たちまだ、なにも知らされていないでしょう？　配役も、今回のオーディションで何人が落ちるのかも。さらにこうして、みんなに脚本を読む時間をあたえたわけだから、僕たちを困惑させるのが鉄砲塚さんの計画ってわけだよ。そしてそろそろ、次の情報をあたえるためのアクションを起こすはずだ」

「お前……いろんなこと考えてるんだな」

ほどなくして、階下から呼び出しの声が響く。

水口は肩をすくめて、「ほらね」と言った。

一階に降りると、僕たち以外の四人の役者はすでに待っていて、彼らにかこまれるように、鉄砲塚真太郎がロビーの中央に立っていた。

「ふむ、全員そろったな。ではこれから配役を決める。クジを用意しておいたから、好きなように引きたまえ。それと、バスの中で親密になったかもしれないが、クジを引くときには自己紹介を忘れずに。では、おねがいします」

鉄砲塚真太郎と入れ替わるようにして、大柄な男がロビーにやってきた。大学生くらいだろうか。ゴツいワークブーツが印象的だった。

「あ、どうも……。アルバイトの久保(くぼ)です。ええと、これがクジ」

久保さんと名乗った男は拳を突き出す。

そこには七本の細い紙が飛び出ていたが、僕たちは動かない。

動けないのだ。

「用心しなくてもいい。配役による有利不利はないからね。どの役でも平等に評価すると、今ここで約束しよう」

鉄砲塚真太郎はそう言うが、この二次オーディションですべてが決まるのは事実。できることなら序盤で死ぬ被害者より、より多くアピールができる主人公……探偵役になりたいと、だれもが考えていた。はずれクジは引きたくない。どんなときでも舞台の中心に立っていたい。それが役者の本望。

「あの、早く……」

久保さんが拳をぷるぷるさせた。

こうなると最初に動くのは、気の短い人間だ。入井が立ち上がり、「あーもーじれったい！　んじゃ、俺からやらせてもらうわ」と言って、とくに迷う様子もなくクジの一本をつかんだ。

「俺は『スカイフィッシュ』所属の、入井正和(まさかず)。十八歳。どうぞよろしく。じゃあ引かせてもらうぜ。このクジに賭(か)ける！　さてと俺の役は……あら、なんか微妙！」

叫びながら見せたクジには、今のところ、犯人とも被害者ともわからない登場人物の名前が書かれていて、たしかに微妙だ。入井はわかりやすいほどがっくり肩を落としてソファに倒れた。

悲しい犠牲のおかげで、二人目はすぐに現れた。

「僕は河見亜希彦(かわみあきひこ)。『アサオカ・エンタテインメント』からきました。みんなより年上で、二十八歳です。どうぞよろしく」

そう名乗ってから引いたクジには、一番最初に殺される被害者の名前があって、河見さんは苦笑しながら席にもどった。

河見さんの横にすわる二人組が、なにやらひそひそと耳打ちをすると席から立ち上がった。

「俺は西野(にしの)啓一(けいいち)って言います。二十一歳です。えっと、『藝像(げいぞう)プロダクション』に所属してます。よくわからんことになったけど、こうなったら楽しもうぜ！ どうぞよろしく！」

「俺は渡辺奈月(わたなべなつき)。西野とは事務所の同期で、二十一だ。ま、よろしく。じゃあ引くぞ西野。せーの」

二人はそれぞれ、二番目と三番目の被害者を引き当てた。西野さんはいじけたような顔つきで席にもどり、渡辺さんはとくに反応しなかった。

ここにきて、状況が変わったことを知る。

クジ引きで当たる確率は、どの順番から引いてもいっしょというのは、わりと有名なトリビアだが、そうはいっても七本中の四本が消えた。三本のうちの一本が、当たりの探偵役というわけだ。こうなってくると、期待しないほうがむずかしい。さてどうしよう。動くべきか。待つべきか……。

僕が頭を悩ませているあいだに行動を起こす者がいる。

さきほどからずっと窓の外を見ていた人物が立ち上がった。

バスの中で、だれともことばを交わさなかった男。

「田井中三郎(たいなかさぶろう)。十八歳」

なんともシンプルな自己紹介とともに引かれたクジには、現段階では犯人なのか被害者なのかわからない人物の名前があった。田井中はクジをポケットにつっこむと席にもどり、ふたたび窓の外を見る作業に集中した。

水口と目が合う。

確率は二分の一。

やってやろうじゃないか。

少し早いけど、今年最後の運だめしだ。

「僕は水口弘樹。『スカイフィッシュ』所属の十八歳です。よろしくおねがいします」

僕も自己紹介をすませると、水口とおなじタイミングでクジをつかみ、いきおいよく引いた。みごと探偵役を当てたのは水口で、僕は犯人なのか被害者なのか今のところわからない登場人物だった。悲しくなってくる。僕は運にまで見放されているのか。

こうして配役は決まった。

河見さんと西野さんと渡辺さんは被害者役。

僕と入井と田井中は役割が不確定なグレーゾーン。

そして水口は探偵役。

鉄砲塚真太郎がロビーの中央にもどってきた。

「オーディションは午後七時三十分からはじめる。それまで各自、脚本を読みこんでおくように。読み合わせをしてもいいし、自室で集中してくれていてもかまわない。自由にやってくれ。ただし、夕食にはかならず出席するように。夕食は六時からだ。わたしからは以上だが、質問はあるかい？」

僕は挙手した。

「あの、オーディションで使う『白い山荘』なんですけど、途中で終わってますよね。俺だけじゃなくてみんなの脚本もおなじですか？」

「おなじだ。うたがうなら確認するといい」

「どうして途中までなんですか？」

「書かれた情報のみで、役を演じてもらいたいからだ」

「でもそれだと、だれが犯人なのかわからないまま演じることになりますよ。もし俺の役が犯人だったとして、それを知らずに演じるのは……」

「わたしの脚本をただ演じていればいい。すべての情報を知らなければ演技ができないというのは、思い上がりもはなはだしい。わたしのことばに怒るかい？」

「いえ、すみませんでした」

僕が殊勝な態度に出たのは、脚本家先生を怒らせたくなかったからではなかった。

海外のある有名ドラマの脚本家は超秘密主義者で、ストーリーを途中しか明かさず、ヒロインと思われていた登場人物がじつは、『主人公をだましていた凄腕女スパイ』だったという展開をその場で知らされた女優に嚙みつかれたとき、「お前ごときの演技力で、凄腕女スパイを演じきれるわけないだろ。なにも知らないくらいがちょうどいいんだ」と言ったらしい。

鉄砲塚真太郎が、その脚本家とおなじスタンスならば、それはそれでいいと思ったのだ。この業界は、人の数だけルールがある。いちいち反発してもキリがない。

こんどは水口が挙手した。

「今回の二次オーディションで、何名が脱落しますか？」

「決めてはいない」

「全員が合格ラインの場合はどうするんです？」

「役者の立ち入る領分ではない」

すげなく返された水口だったが、僕たちに笑顔をむけると、「みんな聞いた？　つまり、全員合格もあるって話だよね」と言った。

その瞬間、なんとなく固まっていた空気が軽くなるのを感じた。王子さまは民衆の気持ちに配慮する余裕があるというわけか。ふたたび悲しくなってくる。

配役が決定したので、夕食の時間までこれで解散となった。僕たちは脚本を手にして、すぐに自室に引き下がった……いや、たった一人、席から動かない者がいた。田井中だ。あいかわらず窓に視線をむけている。気になってそちらを見たが、雪が広がるだけだった。

4

『これから　ひとが　きえていく』

メモ用紙には定規で引いたような文字で、そのようなことばが書かれていて、僕は夕食のビーフシチューを食べる手を思わずとめた。

「なんですかこれ」

「『殺人予告状』だろうね。見つけたのは僕。ふふ、殺されないようにしなくちゃ」

河見さんは冗談を言ったつもりだろう。『白い山荘』でも、これとよく似たシーンがあった。夕食時に『殺人予告状』を見つけるのが、河見さんの演じる登場人物……つまり最初の被害者なのだ。

「こんなもの、いったいどこに」

「テレビ台だよ。『白い山荘』では電話台に置いてあったから、多少はオリジナリティを出したかったんじゃないかな」

「前に泊まった客の忘れものとかじゃ」

僕の仮説を打ち消したのは鉄砲塚真太郎だ。

「いや、それはない。このペンションは営業前のところを、むりに開けてもらったのだ。

前に宿泊した客など存在しない。まあ、去年の客というのならべつだが」

そこまで言ったところで、自分がうたがわれていることに気づいたらしく、「わたしではないよ。このような趣向は趣味ではないから」と弁明した。

「じゃ、俺たちの中のだれかがやったってこと？　なんかこわー」

西野さんはそう言いながらも、どこか楽しんでいるようだった。

「オーディションの肩慣らしにちょうどいい。河見さん、『殺人予告状』を見つけたと
きの様子を話してくれますか？」

渡辺さんも事態を楽しんでいるらしく、口もとには笑みが浮かんでいた。

「五時すぎくらいかな。部屋で脚本を読んでたんだけど、テレビでも観ようとロビーに
降りたとき、これを見つけた。配役を決めるクジ引きが終わったのが四時半くらいだっ
たから、それから五時すぎまでのあいだに置かれたと考えられるね」

「このことは、だれかに知らせましたか？」

「一応、柏崎さんと鉄砲塚さんには。柏崎さんは、『大変だね』としか言わなかった。

鉄砲塚さんの反応は、今みんなが見たのとだいたいおなじかな」

「つまり柏崎さんは、鉄砲塚さんのしわざだと思ってるわけですね。二次オーディショ
ンに使うアイテムだと」

「不服だ。わたしじゃないのに」

鉄砲塚真太郎は鼻を鳴らした。

渡辺さんが場を回す。

「河見さんが見つけるよりも前に、『殺人予告状』に気づいた人は……いないか。じゃあ次は、それぞれのアリバイを話してもらいましょう。いったん解散した午後四時半から、『殺人予告状』が発見された五時すぎまでの約三十分間、どこでなにをやっていたかをね」

そんなわけでアリバイを証明することになったが、クジ引きを終えて二階にもどり、そのあと一歩も自室から出ていないのは、僕だけのようだった。オーナーである柏崎さんと、アルバイトの久保さんは当然ロビーに出入りしているだろうし、僕たちとおなじく二階に部屋のある鉄砲塚真太郎も一階に降りたとのこと。これでは僕以外の全員にアリバイがないことに……一人忘れていた。

まだ田井中の証言を聞いていない。

「田井中、きみはどうだ。配役を決めたあとも、きみだけはずっとロビーに残っていたね」

渡辺さんがたずねると、田井中はほとんど間を置かずに、「忘れた」と答えた。

「思い出してくれないかな」

「しばらくロビーにいて、そのあと部屋にもどった」

「時間はわかるか？」

「いちいち時計なんか見ない」

田井中のアリバイはわからずじまいだった。

そして僕は、水口が議論に参加していないことに気づく。

黙々とビーフシチューを口にはこぶだけ。

考えたところでしかたがないと思っているのか。あるいは鉄砲塚真太郎のしわざと決めつけているのか。たしかに常識的に考えれば、鉄砲塚真太郎による悪趣味な演出なのだろうし、口には出さないが、だれもがそう考えているようだった。

突然、がちゃがちゃと大きな音がして、びしょ濡れになった柏崎さんと久保さんがロビーに飛びこんでくる。暖炉の前に直行した二人は、池に落ちた子ジカのように震えていた。

柏崎さんが僕たちに声をかけた。

「みなさん、ばたばたしててもうしわけない。夕飯はどうかな？　ささっと作ったビーフシチューだが、味はいいと思うんだ。本当はね、マッシュルームはカンヅメじゃなくて生のを使いたかったんだが、雪のせいで用意できなくて……」

「いや、それよりびしょびしょじゃないですか。どうしたんです」

入井がびっくりした顔でたずねた。

「一階のお風呂が壊れちゃってね。それで今、久保君とボイラーを直してるんだけど、いきなり水があふれてこのとおりだ。ま、気にせず夕飯を楽しんでてください。おお寒い寒い……。あ、みなさんどうもすみませんね。ちょっと着替えてきます」

柏崎さんと久保さんは奥に消えていった。

二人の会話が耳に入る。

「電話が壊れた……。バイト代が飛ぶ……」

「悪かったよ久保君。修理代はべつに出すから」

「データが。俺のメモリーが……」

こんなこともあって、『殺人予告状』の件はいつのまにか消えてしまい、夕食の席はほかの話題でもちきりになった。


雪だ。


降りつづける雪はいきおいを増し、今や吹雪となっていた。

僕は生まれも育ちも東京なので、吹雪と聞いただけでつい浮かれてしまうが、雪国出身の入井は冷静に、「これやばいんじゃねーの」と窓を見ながら言った。

「あの……外、どんな感じですか」

不安になった僕は、着替えを終えてロビーにもどってきた柏崎さんに質問した。

「猛吹雪だよ。今日はここから出られないと考えたほうがいいね」

「まさに『白い山荘』というわけだな」

鉄砲塚真太郎が言った。

5

「これ以上、お前らといっしょにいる気はない。俺は二階の部屋にもどる。だれもついてくるな」

「いったい、さっきからどうしたんですか」

「俺の考えじゃ、この中に人を殺そうとしているやつがいる」

「冗談はやめてくださいよ」

「俺はお前らとつるむ気はない。一人で部屋にいる。ま、安心しろ。さすがの犯人さんも、この大所帯をまとめて相手にはできないだろう」

「犯人だなんてそんな……」

「いや、待って。じつは僕もおなじことを考えていた」

「なんだって？」

「この中に、よからぬ考えを持った者がいる。僕たちスキー部員の中にね」

　午後七時三十分。

　二次オーディションがはじまり、僕たち七人はあたえられた役を演じた。

『白い山荘』は、オーディションのために作りましたというていどのシロモノで、『暗黒探偵　ザ・ライブミステリ』との共通点を見つけられるのが、せめてもの特徴だろう。

舞台の原作は、探偵同士の推理バトル漫画だった。被害者も犯人もすべて探偵で、登場人物全員があれこれ自説を披露するため推理のスパイラルにおちいり、なにがなんだかわからなくなるというストーリーで、それは『白い山荘』もおなじだ。内容としては平凡だが、スキー部員全員が推理することで、むしろ真相から遠ざかっていくようなこの不安感には、鉄砲塚脚本特有のすごみがあり、僕はわりと楽しんで演じていた。

「とにかく、俺を一人にさせてくれ。人を殺そうとしているやつと夜を明かす趣味はないからな！」

　河見さんが階段を駆け上がる。

　しばらくして、ドアが乱暴に閉まる音が響いた。

「よし。ロビーでのシーンはここまで。これでようやく、第一の殺人が起こるわけだ」

　満足そうにうなずく鉄砲塚真太郎に、入井が声をかけた。

「ちょっと聞いてもいいですか？」

「だめだ」

「オーディション、だれが受かりそうですかね」

「本来ならば、今のような質問をした時点できみは失格だが、特殊なオーディションで不安を感じているのは理解できる。なのでサービスで答えよう。諸君らは、いい仕事をしている。二・五次元の役者も悪くない」

　すると渡辺さんが、「鉄砲塚さん、なんか今の、上から目線ですよね」と言った。

「そっちの業界なんて、学生気分の役者が腐るほどいるじゃないですか」

「そういえばきみは、もともとは現代演劇出身だったね」

「ええ、売れなかったのでこっちにきました」

「きみの言うことも一理ある。学生気分という病理は、どこにでも巣食っているものだ。だからこそわたしは、二・五次元舞台に興味を持った。自分の知らないところで本気の活動をしている人々を、じっくり見てみたいと思ってね」

「鉄砲塚さんが参入してきたのは、それが理由ですか？」

「いや、わたしは……」


悲鳴が聞こえた。


それは河見さんのもので、おどろくことではなかった。なぜなら脚本では、このあと河見さん演ずる登場人物が殺害され、連続殺人事件が開幕するからだ。なので僕たちはその悲鳴をごく自然に受けとめようとして、失敗した。

今の悲鳴には、奇妙な迫力があったのだ。

演劇にリアリティが求められるのは当然だが、生々しい演技をただやればいいわけではない。それぞれの世界観に合ったリアリティが大切だ。たとえば二・五次元舞台は、登場人物の髪が赤だったり金色だったりと非現実的だが、観客がそれを受け入れるのは、リアリティがあった。

『原作に合わせたから』。戦争の場面でいきなり歌い出してもリアリティがあるのは、『ミュージカルだから』。日本人の役者が外国人を演じても不自然に思わないのは、『海外が舞台だから』。このように、演技というものにはそれぞれの枠の中で、それぞれのリアリティがあった。

この『白い山荘』は、歌もダンスもないサスペンス調の密室劇だが、河見さんの悲鳴はそこから逸脱していた。やりすぎというか、生々しいというか、とにかく舞台の色にそぐわないのだ。知名度はともかく、役者としてキャリアを積んだ二十八歳の河見さんが、こんな凡ミスをやるとは考えられない。

僕たちは奇妙な不安の中、河見さんの演技がまだつづいているものと判断して二階に移動した。

「大丈夫ですか!」

僕は自分の役を演じながらドアを叩く。

返答なし。

これは脚本通りなので問題はない。

だがこのあと、脚本にはないことが起こった。

ドアに鍵がかかっているのだ。

「あの……鍵がかけられてます」

僕は素にもどって言った。

「鍵だと？　彼はなにをしている。アドリブをやる役者は三流だ」

「どうしましょう」

「どうもこうもないだろ。柏崎オーナーを呼んで開けてもらう」

鉄砲塚真太郎は憤慨しながら階段を降りた。

マスターキーを手にした柏崎さんがやってくるのに、それから三分とかからなかった。

柏崎さんはドアを開けた。

室内はまっくらだった。

「諸君らはそこで待っていなさい。説教してくる」

鉄砲塚真太郎が迷うことなく部屋に入る。

僕は電気のことを思い出し、ドアの横から手をのばして電源スイッチを入れた。


中には、だれもいなかった。

デスクの上に置かれた『白い山荘』の脚本と、河見さんのものと思われるバッグのほかには、なにもない。河見さんの部屋は僕たちのそれといっしょで、十畳ほどの面積に、ベッドとデスクが置かれているだけのシンプルなものだ。隠れる場所といえば、ユニットバスかベッドの下かクローゼットの中しかなく、それらをしらべてみても、河見さんの姿はない。こうなると、残る可能性は一つしかないが、そこには鉄砲塚真太郎が立っていて、決定的なことばを口にした。

「窓には鍵がかかっている」

見るとたしかに、鍵がかけられていた。

外側から施錠するのは不可能だろう。

雪が吹き荒れているし、なによりここは二階なのだから。

「河見さんは……どこだ。外に、出たのか？」

僕はうめくようにつぶやいた。

「こんな吹雪なのに？　二階から？　オーディションの最中だぜ？」

入井がもっともなことばかり言った。

エアコンはついたままで、室内はあたたまっている。

ついさっきまで人がいたような状態。

そのような中で、河見さんが消えた。

密室で。

悲鳴だけを残して。

6

もちろん捜索がはじまった。「河見さんは悲鳴を発したあと、部屋を出て、ドアに鍵をかけて、どこかに隠れた」というひとまずの結論のもと、僕たちは二階をさがした。なぜ河見さんがそんなことをしたのかという根本的な疑問はあったが、それは見つけたあとで本人から聞き出せばいい。廊下や用具入れをさがしたが、どこにも河見さんはいなかった。

「ほかの客室もさがしてみよう」

渡辺さんが提案した。

「むだじゃね？　みんな鍵かけてるだろ」

西野さんが言った。

「かけていないやつがいたかもしれない。それに、あらかじめ部屋の鍵を開けておいて、河見さんがそこに隠れている可能性もある」

「なんでそんなことする必要が？」

「とにかくさがしてみよう」

全員で一つの部屋に入っているすきに、河見さんが逃走する可能性もあったので、渡辺さんと鉄砲塚真太郎と入井の三人に廊下を見張ってもらい、僕と水口と柏崎さんと西野さんと田井中の五人で、一部屋ずつしらべた。収穫はなかった。

こうなると残るは一階だが、河見さんがそこに行くのは不可能だ。

一階と二階をつなぐ階段は一つしかなく、階段を降りた先はロビーで、僕たちはそこでオーディションをやっていたのだから。

それでも、河見さんが二階にいないのは確実なので一階に降りると、ロビーを掃除している久保さんを見つけた。

柏崎さんが声をかけた。

「久保君、河見さんが降りてくるところを見てないか？」

「さあ、だれも見ませんでしたけど」

「いつからここで掃除を？」

「みなさんが二階に行ったので、ちょうどいいかと思いまして……あの、なにか？」

「河見さんがいなくなった」

こんどは久保さんをふくむ九人で、一階の捜索をはじめた。

ロビー。キッチン。事務室。バスルーム。さらにいくつかの部屋があるので、二階よりは隠れられそうな場所が多い。僕と水口はバスルームにむかった。掃除道具の入ったロッカーにも、大きな浴槽にも、河見さんはいない。バスルームにある窓にも鍵がかかっていた。

僕が浴槽から出ると、水口はボイラーの前にしゃがみこんでいた。

「どうした水口」

「ボイラーは直ったみたいだね」

「今はそんなことを……」

悲鳴が聞こえた。

それは柏崎さんのものだった。

僕たちがキッチンに突撃すると、柏崎さんが立ち尽くしていた。

「みんなの電話がないんだ。ここに置いたはずなのに」

柏崎さんの話では、あずかった電子機器はキッチンの収納棚に隠していたのだが、いつのまにかなくなっているというのだ。

「最後に見たのはいつです？」

水口が確認する。

「はっきりとはおぼえてないけど、料理をしているときはあったはず……あ、電話！」

柏崎さんがキッチンを飛び出したので、僕たちもあとにつづく。ロビーに置かれた固定電話をしらべた柏崎さんは、「電話線が切られている」とつぶやき、切断された電話線に手をやった。あきらかな悪意を見せつけられて、たしかにぞっとはしたが、それなら柏崎さんの携帯電話を使えばいい。

なので聞いてみると、柏崎さんはとんでもないことを言った。

「ここにくるときは持ってきてないんだ。その、アウトドア気分を味わいたくて……」

「パソコンとかは？」

「帳簿はすべて、手作業でやってるから」

「そんな」

窓に視線をむける。

雪と風はさらにいきおいを増し、窓をなぐりつけていた。

「電話がどうしたね」

鉄砲塚真太郎がやってきたので、電話線が切られたことをつたえると、「こまったな。わたしは携帯電話を持たない主義でね」と、残念な宣言をしやがった。

ということは犯人は、この二人が携帯電話を持っていないことをあらかじめ知ったうえで、電子機器をうばったのか……え？　僕は今、なにを考えた？

犯人？


僕たちは犯人によって、『白い山荘』に閉じこめられてしまった。


河見さんはまだ見つからない。

柏崎さんと久保さんの部屋も見せてもらったが、そこにもいない。

このとき僕たちは、まだしらべていない部屋があることに気づいていた。

キッチンの横にある部屋のドアを、柏崎さんはまるで避けるようにしているのだ。

僕はたずねた。

「どうしてここはしらべないんですか」

「ここは……関係ないよ」

「関係ないって、そんなのわからないじゃないですか」

「あかずの間だから」

「あかずの間？」

「ここはマスターキーでも開かない。だからだれも入ることができないんだ。わかったね」

　たしかにその部屋は、ドアノブの形状がちがっている。だからといってスルーしていいはずはないのだが、柏崎さんの思いがけない反応に、だれも追及できなかった。

「諸君らはロビーで待機するように。わたしは柏崎オーナーと久保さんとで、もう少しさがしてみる。異変があったらすぐにつたえなさい」

　鉄砲塚真太郎に命じられ、僕たちはロビーに集まる。

　沈黙するロビーには、時計の針がすすむ音と、吹き荒れる風の音だけが響いていた。

　しばらくすると久保さんがやってきて、目が合った僕に奇妙な質問をした。

「あの、オーナーと鉄砲塚さんを見なかった？」

「見てませんけど、どうしたんです」

「……どこにもいないんだ」

　河見さんにつづいて、鉄砲塚真太郎と柏崎さんも消えてしまった。

『これから　ひとが　きえていく』

僕は『殺人予告状』に書かれたことばを思い出す。

消えていく。

表現は進行形。

つまり、まだ終わらないということ。

7

河見さんが消えた。

柏崎さんが消えた。

鉄砲塚真太郎が消えた。

電子機器がなくなり、電話線が切られた。

にもかかわらず、

「オーディションをつづけましょう」

水口がそんなことを言うものだから、僕はおどろいてしまう。

西野さんがソファから立ち上がった。

「ちょ、本気かよ。今の状況を考えろって。オーディションどころじゃないだろ。『白い山荘』なんてやってる場合かよ。消えたみんなをさがさないと……」

「やったじゃないですか。そしてだれも見つけられなかった」

「そうだけどさ」

「ではどうするんですか。バスがくるまで、仲良くトランプでもやります？」

「……そういえば、バスはどうなってるんだ」

むかえのバスがくることを思い出した僕たちは、視線を久保さんにむけた。柏崎さんと鉄砲塚真太郎が消えた今、くわしいスケジュールを知っているのは久保さんだけだ。

久保さんは体格とは不釣り合いなほど細い声で答えた。

「バスは一応、明日の昼すぎには到着する予定になってる……けど、天気がこの調子じゃ、むかえにくるのはむずかしいかも。あまりひどい吹雪だと、危なくて運転できないからね。あ、でも大丈夫。ペンションには食料がいっぱいあるよ。停電になっても、すぐには腐らないだろうし」

停電。

そのことばが、僕の危機感をあおる。

「ブレーカーはどこにありますか久保さん」

僕は確認する。早口になっていた。

「えっと、事務室にあるけど」

「今すぐ事務室に鍵をかけてください。あと全員、事務室には近づかないように」

「どうしたんだよムギ」

入井が片目を細めた。

「犯人にブレーカーをやられたら、まずいことになる」

「犯人？」

「俺たちは今、犯罪行為に巻きこまれている可能性がある。三人とも、犯人に消されたのかもしれない」

「はあ？　おいムギ、落ちつけって。これはあれだろ？　オーディションのつづきだろ？　えっ……ちがうの？」

わからないのだ。

入井が言うように、これは二次オーディションの一環なのかもしれない。最初から計画されていた演出なのかもしれない。でも、そうじゃないかもしれない。なにかしらの犯罪行為が起こって、三人が巻きこまれた可能性だって決してゼロではない。

僕が答えないでいると、入井は不安混じりの苦笑を浮かべつつ、「いや絶対これドッキリだから。みんなもそう思うだろ。な？」と同意を求めた。

水口がうなずいた。

「僕は入井君の意見に賛同するよ。ただしこれは、ドッキリじゃなくてオーディション。あるいは今この瞬間から、オーディションがはじまったのかもしれない。ここからが本番なのかもしれない」

「これがオーディションって根拠はあるのか？」

「根拠はないけどねムギ君、でもそれを言ったら、きみが主張する『犯人』とやらも無根拠じゃないか。そいつは何者で、どういう目的でこんなことを？」

「それはわからないけど、三人が消えてしまったことと、その前に『殺人予告状』が置かれたことはたしかだろ。この二つの事実から、犯罪行為が起こったと考えるのは、そんなに変じゃない」

「三人が消えたのも、『殺人予告状』も、すべて鉄砲塚さんによるオーディションの演出と考えるほうが、よっぽどまともだと思うけどね」

「俺はただ、これがオーディションだっていう根拠がほしいだけで……」

「そう、『オーディション説』にも『事件説』にも、根拠が欠けている。どちらの説も、根拠がないという意味じゃ同レベルだ。でもどっちが常識的かと言ったら『オーディション説』なのはまちがいないし、それはきみだってわかるでしょう？」

「わかるけど、でもやっぱりおかしいだろ。役者も脚本家も途中で消えるなんて、こんな奇妙なオーディションは考えられない」

「僕らがこのペンションにいるのは、鉄砲塚さんにだまされたから。最初の段階からすでに奇妙ってわけさ。この先にどんな非常識が待っていても、ちっとも意外じゃない」

「俺も『オーディション説』に乗る」

渡辺さんまで賛同したので、僕はすぐさま反論した。

「だとしたら、どうして鉄砲塚さんまでいなくなったんですか。脚本家が不在じゃ、オーディションなんてできない」

「鉄砲塚さんが姿を消したのは、『オーディションなのか異常事態なのか判別がつかない』という曖昧(あいまい)な状況を作るためだ」

「なんでそんなことを」

「理由がほしけりゃいくらでも作れるさ。疑心暗鬼によって俺たち役者を混乱させ、より深い部分を見ようとしている……とかなんとかね」

「鉄砲塚さん本人がいないのに、どうやってそんなものを見るっていうんです」

「さあな。ペンションのどこかに隠しカメラでも置いているかもしれない」

「隠しカメラなんてどこにもありませんでした」

「隠してるんだろ。だからこその隠しカメラだ」

「非現実的すぎます」

「カメラつきの無人機が電気屋で買える時代に、隠しカメラが非現実的とは思わないし、これを『事件説』だとさわぐほうが非現実的に聞こえるが」

「俺はべつに、自分の意見を通したいわけじゃありません。これがオーディションだっていう根拠を聞かせてもらえれば、なにも言いませんよ」

「逆に聞くけど、きみはどうしてこれをオーディションだと思わないんだ？」

「河見さんが消えたからですよ。もしこれがオーディションだとすれば、鉄砲塚さんといっしょに消えた柏崎さんは共犯ってことになります。ペンションという舞台を用意したのは柏崎さんですから、なにも不思議じゃありません。久保さんだって共犯かもしれません」

「お、俺はただのアルバイトで……」

久保さんはあわてて首をふった。

「だけど、河見さんも共犯でしょうか？　河見さんは役者ですよ。鉄砲塚さんに協力するってことは、大切なオーディションのチャンスをつぶすということです」

この点が解決できなければ、僕は『オーディション説』に乗ることはできない。

渡辺さんは僕たちを見回すと、「この中に、河見亜希彦という役者に聞きおぼえのある人は？」とたずねた。

だれも答えなかった。

「なあ、思うんだが、河見亜希彦なんて役者はいないんじゃないのか。この業界にきて日の浅い俺はともかく、ここにいる全員が知らないってことは、そんな役者はいないんじゃないのか。この舞台を作り上げるために、鉄砲塚さんが用意したニセの役者じゃないのか」

ネットでちゃちゃっと検索。という贅沢がゆるされていない今の僕たちには、河見さんが実在するかどうかをしらべる方法がない。

水口は微笑を浮かべながら、「みんなグルだったんだよ」と言った。

「消えた三人はグルだった。クジ引きにもしかけがあった。河見さんが最初の被害者役を引くように作ってあったわけだよ。そうですよね、久保さん」

「ち、ちょっと待って。俺はなにも……」

「河見さんが密室状態となった部屋から煙のように消えるのも、これだけ共犯者がいればかんたんにできる。最初の被害者役となった河見さんは、脚本にしたがって二階へ移動した。それから自分の部屋のドアに外から鍵をかけて、廊下にある用具入れに隠れて悲鳴を上げ、それを聞きつけた僕たちが河見さんの部屋をさがしているすきに一階へと移動したのさ。鉄砲塚さんと柏崎さんはもっとかんたんだ。あのとき僕たちは、ロビーで待機しているようにと鉄砲塚さんに命じられた。共犯者の三人……鉄砲塚さんと柏崎さんと久保さんはそのあいだ、ペンションの中を自由に動けたんだから、やりたい放題ってわけ。さあ久保さん、そろそろ真実を教えてくれませんか」

　水口はまるで、探偵が乗り移ったような長広舌を披露した。

　窮地に立たされた久保さんは、反論でも自白でもなく、意外なことを言った。

「俺は本当に、なにも知らないんだ。だって、柏崎さんに会ったのは、今日がはじめてなんだから」

　要約するとこうだ。久保さんは一週間ほど前、ペンション『スノーギャリコ』が臨時アルバイトを募集していることを知り電話をかけ、採用された。久保さんがペンションにやってきたのも、オーナーである柏崎さんと顔を合わせたのも今朝がはじめてで、オーディションのために営業日前のペンションを開けるのでその手伝いをしてほしいという業務内容もそのときに聞かされ、それ以上のことはなにも知らないというのだ。

久保さんはことばをつづける。

「それにさ、俺が犯人だっていうなら、消えたみんなを、いったいどこにやったというの？」

「あかずの間をしらべればわかる」

声が響く。

それは田井中が発したものだった。

議論にも参加せず、あいかわらず窓の外をながめていた田井中が、気づけばこちらに視線をむけていた。

久保さんがこまったように言った。

「あの、でも、あそこはマスターキーじゃ開かないし、鍵がどこにあるのかは俺も知らなくて……」

「ドアごと壊せばいい」

「こ、壊すだなんてそんな」

「壊す。俺がやる」

「……鍵をさがしてみるよ」

久保さんは重そうな足取りで事務室にむかう。

みんなの視線を浴びた田井中はいやそうに目を細めて、「なんだよ」とだけ言った。

やがて久保さんは鍵束を手にしてもどってくると、一つ一つたしかめるように鍵を挿しこみ、ついにあかずの間が開かれた。

全員で飛びこむ。

「え？」

僕は声を上げた。

消えた三人がここにいるかもしれない。

そんな期待は裏切られ、僕たちは新たな困惑にやられることになる。

あかずの間には、キティちゃんやマイメロちゃん、ほかにも僕の知らないぬいぐるみがあちこちに置かれていた。カーテンは水玉模様で、ベッドカバーは薄いピンク。学習机の上には、小学校高学年くらいの女の子の写真があった。抽斗(ひきだし)の中は、ペンや消しゴムやビーズといったものであふれていて、チェストを開けると、パジャマや下着が出てきた。

全身に粘っこい汗が浮かぶ。

これはいったいなんだろう。

なぜペンションの中にこんな部屋があるのだろう。

「……な、なんだよここ。なんか、怖いんだけど。だれの部屋だ」

入井の声は震えていた。

「柏崎さんの……娘の部屋とか？」

僕は言った。

「娘ねえ。まあ、それならいいけども」

「どういうことだよ」

「いやほら、ここに誘拐されて、ずっと閉じこめられてるとか……」

「怖いこと言うなよ」

「だから怖いんだってば！」

「この部屋の主が何者なのかはわからないけど、亡くなっているみたいだよ」

水口はクローゼットをのぞきこんでいる。

中には、簡素な仏壇がそなえつけられていた。

遺骨と遺影も置かれていた。

遺影の中の女の子は笑顔で、それを見た僕は急性胃腸炎でも起こしたように腹が痛くなった。

「なんだ。だれも隠れてなかったか。じゃ、あとは脚本家の部屋だな」

田井中が冷静に言った。

「鉄砲塚さんの部屋……？　どうして今さら」

僕はたずねる。そこならすでにしらべたはずだ。

「一つ、忘れていたことがある」

田井中はやはり冷静に言った。

あかずの間をあとにして二階に移動し、久保さんに鍵を開けてもらって鉄砲塚真太郎の部屋に入ると、田井中はキャリーバッグをひっくり返した。

どこをさがしても、『白い山荘』のつづきが見当たらなかった。

さて、これはどういうことだろうか。脚本が盗まれた？ 最初からそんなものは書かれていなかった？ まあ、どちらにしてもうれしくない展開だが。

8

結局。

あかずの間も、久保さんの関与も、『白い山荘』の残りも、消えた三人の行方も曖昧なままだが、それでもこれが鉄砲塚真太郎のしかけた二次オーディションである可能性が高いのと、雪に閉じこめられてほかにやることがなかったのと、なにかに集中していなければ頭がおかしくなりそうだったこともあって、小休止をはさんでから二次オーディションを再開させることになった。

その結論を聞いた僕は反論せず、肩をすくめてみせた。もし本当に二次オーディションがつづいていて、鉄砲塚真太郎が隠しカメラでこちらの様子をうかがっているとすれば、悪い態度ばかり見せるのは不利だと判断したのだ。そこを意識しすぎたせいか、ちょっとばかり大げさな動きになってしまった。

自室にもどって鍵をかける。『白い山荘』の脚本を読もうとしたが、すぐに集中力が途切れてしまい、なんとなくスマートフォンをチェックしようとして、持っていないことを思い出す。壁にかかった時計を見ると、午後十時。まだ十時？　時間の流れがゆっくりなのがつらかった。脚本はあきらめて、べつのことを考えようと努力するが、なにを考えたらいいのかわからない。今日にかぎった話ではなかった。僕はいつだって、一人で考えをまとめるのが苦手なのだ。

というわけで自室を出て、水口の部屋のドアをノックした。

「どなた？」

「俺」

「ムギ君がくるような気がしていたよ。どうぞ、おもてなしはできないけど」

僕は部屋に入り、ベッドのすみに腰かけた。

水口は本当におもてなしをする気はないらしく、脚本を読みながら、室内を歩き回っていた。僕は懐かしい気持ちになる。数年前、まだ僕たちの両方が腐っていたころになんども見た光景だ。あのころはよくいっしょにオーディションを受けて、脚本を読みつつ廊下をうろうろと歩く水口を見たものだった。

「あいかわらず、本をおぼえるときに歩き回るんだな」

「動物園のトラみたいでしょ？　くせなんだ」

「本読みに熱心ってことは、お前はやっぱり『オーディション説』を信じているのか」

「ムギ君、まだそんな話をしてるの？　てっきり、べつの用事があるのかと」

「べつの用事？」

「今回のオーディションの攻略法を、聞きにきたのかと思ってね」

「攻略法……。そんなものがあるのかよ」

「呑気だね」

　ふだんの水口とは様子がちがう。ぴりぴりしているというか、余裕がないというか、そしてやはり……懐かしいというか。そこで気づく。最近の僕が見ている水口といえば、舞台の上で華々しく舞う姿ばかりで、こうして地味にオーディションを受けている様子ではなかった。今の僕と水口は、立場がいっしょ。つまり水口は僕を、敵として見ているわけだ。僕はそこによろこびのようなものを感じた。

　オーディションとは、役者にとって果実そのもの。

　この果実を手にすれば、たくさんの扉が開かれ、ものごとが動き出し、時機をとらえるすべを知っている者には、それだけの地位と名誉があたえられる。

　水口は当初、だれにも注目されず、オーディションにも落ちまくっていた。

　壊れていたからだ。

　理解されたい、評価されたいという欲求から完全に解き放たれた白鳥として……あるいは黒鳥として……自分ばかりを見せつける水口の演技は、当然のように評価されなかった。

　だけど今、水口はそのスタンスを一八〇度変えている。わかりやすく輝き、わかりやすく舞い、その結果、みんなに評価されるようになった。僕はそれについて、百や二百は思うところがあるものの、水口になにも言えずにいた。

　水口はことばをつづける。

「ムギ君はまだ、犯人とやらが実在すると思ってるの？」

「可能性は捨てきれないからな」

「鉄砲塚さんの脚本を盗ったのも、その犯人のしわざだと？」

「いや、本当に犯人がいたとしても、そいつが脚本を盗む理由はちょっとわからない。『白い山荘』は、俺たちにわたされたもので全部だと思う。鉄砲塚さんは、最初から脚本を書き上げていなかったんだ。なあ水口、聞いてくれるか」

「なんだい」

「犯人は柏崎さんじゃないかな」

「単独犯、という意味で？」

　水口ははじめて興味を持ったようにこちらを見た。

「鉄砲塚さんからオーディションの話を聞いた柏崎さんが、それを利用して事件を仕組んだって考えれば、いろいろ説明できるんだ。まあその、『オーディション説』と『事件説』の融合ってところ」

「融合。そういうのもアリか」

「鉄砲塚さん、柏崎さん、河見さん、久保さんの四人が、オーディションの最中に消えることで、『オーディションなのか異常事態なのか判別がつかない』という状況を演出するのが当初のプランだった」

「渡辺さんの説だね」

「お前も言ったように、配役を決めるクジ引きにはしかけがあって、河見さんが最初の被害者役を引くようになっていた。そしてまずはプラン通り、河見さんが消えた。たぶん、あかずの間に隠れたんだろうな。柏崎さんが開けるのを拒否したのは、そのときは中に河見さんがいたからだ」

「うーん、それは危険じゃないかな。あのとき、もっとみんなで強く詰め寄っていたら、柏崎さんはあかずの間を開けるしかなかったと思うよ」

「鍵をなくしたとか、適当に言っておけばいい」

「ドアを破るという話になったかもしれない。たまたまうまくいっただけで、あかずの間に身をひそめるのはかしこくないと思うけど……ともかく、河見さんはあかずの間に隠れたとしようか。それでムギ君、どこから柏崎さんの単独的犯行になるの？」

「その直後からだ。柏崎さんは、隠した河見さんと鉄砲塚さんを殺してしまう」

「殺人とは、仮説としてもおだやかじゃないね」

「まあな」

「二人の遺体が見つからないのは？」

「外に捨てたからだ。この吹雪だから、死体はすぐ雪に埋まるし、外なんてだれも捜索しない。いつまで外に放置しておくのかは知らないけど、とりあえず吹雪が止むまでは安全だ」

「でもどうして、殺人なんて」

「柏崎さん、鉄砲塚さん、河見さん、久保さんの四人は、旧知の仲だった……と俺は考えている。動機は、あかずの間にいた女の子だ。あの子の正体はわからない。柏崎さんの娘かもしれないし、四人が誘拐してペンションに監禁したのかもしれない。どっちにしてもあの子をめぐって、四人のあいだでトラブルが起こった」

「どんなトラブル？」

「柏崎さんの娘だったとすれば、不慮の事故で死なせてしまったとか、誘拐したとすれば、警察に自首しようとする者が出たとか、そんな感じのトラブルだ。それで柏崎さんは、娘の命をうばった者たちへの復讐（ふくしゅう）、あるいは口封じのために殺して回っている……とかなんとか考えたけど、どうかな」

「じゃあ、次にねらわれるのは久保さんだって？」

「俺の説がただしければな」

もちろんこれはすべて妄想だが、このように考えることもできるということを、水口につたえたかった。無条件に『オーディション説』を信じるのは危険ということを理解してもらいたかった。

「妄想だよ」

なのでそう指摘されても腹は立たなかったし、そのとおりだとさえ思った。

「ムギ君の言っていることには、なに一つ証拠がない。こじつけようとしているだけだ。僕らを閉じこめるこの雪を、事前に予測できたとでも？　柏崎さんがほかの三人に殺意を持っているのだとしたら、わざわざこのオーディションの最中に殺すことはないよね？」

「…………」

「そんな妄想がゆるされるなら、僕だってやれるさ。あかずの間の主、あの女の子は柏崎さんの妹で、死んだことになっているけどじつは生きていて、このペンションの地下にある隠し部屋に暮らしているんだ。女の子はひどい殺人趣味を持っていて、こうして宿泊客を襲っては隠し部屋に監禁して、拷問をくり返しているんだ。ねえムギ君、僕のこの説は妄想だよね？　そしてきみの主張はこれとおなじくらい突拍子がないことはわかるよね？　きみが『事件説』を信じるのは自由さ。でも、それを押しつけるのは……」

そのとき悲鳴が聞こえた。

「水口、これでもオーディションだと思うか？」

「うーん、まあ行ってみよう」

殺人事件が起こったのかもしれない。なんてことを言いながらも、僕はどこかのんびりしていたし、そうはいってもどうせオーディションなのだろうという思いもあった。このような甘い心地がすべて吹き飛んだのは、悲鳴を発したのが入井なのを知ったからだ。

僕と水口が廊下に飛び出ると、残りの役者たち……渡辺さん、西野さん、田井中の三人……は入井の部屋の前に立っていた。僕の鈍い心臓はそこではじめて、大きく脈打った。水口を相手に、やれ殺人がどうこうとしゃべっていた口が震えている。

どうして入井なんだ？

入井は『オーディション説』にも『事件説』にも関係ない。

「入井君。ねえ、どうしたの？」

水口がノックするが返事はない。ドアを開けようとしても鍵がかかっている。

河見さんのときとおなじ展開だ。いやな予感しかしない。

「か、鍵ならここに……」

久保さんがマスターキーを取り出したのを見て、僕はほとんど反射的に、「俺が開けます」と言った。

「でも、部外者に使わせるわけには」

「俺が開けます。俺に貸してください」

「おい、きみにそんな権利があるのか？」

渡辺さんが僕をまっすぐに見た。

「ありますよ。『殺人予告状』にかんするアリバイがあるのは俺だけです」

「だれがそれを証明できるんだ」

「証明はできませんが、こんなことになるまで『オーディション説』を信じていた渡辺さんたちよりは、俺のほうが信頼できるんじゃありませんか？」

「議論する時間が惜しい。好きにやってくれ」

「久保さん、マスターキーを貸してください」

僕がたのむと、久保さんはしぶしぶといった感じだがマスターキーをわたしてくれた。ねんのためにドアノブを回して、鍵がかかっていることを確認する。緊張の中で解錠し、そっとドアを開けると、隙間から室内をうかがう。

まっくらだった。

「……俺が先に入るので、みんなはあとにつづいてください。それで、全員入ったら、ドアに鍵をかけてください」

電気をつけ、入井の部屋に入る。

荒らされた形跡はなく、エアコンもついたまま。

やはり河見さんが消えたときとおなじ……いや。

たった一つ、しかし決定的にちがうところがあった。

窓の鍵がかかっていないのだ。

窓のまわりに触れてみると、わずかに濡れている。雪が入りこんだ？

急いで窓を開けて、荒れ狂う雪に苦労しながら窓の下を観察したが、白い闇があるだけでなにも見えない。

「あ、これ使って……。停電にそなえて持っていたんだ」

久保さんが僕に懐中電灯をわたす。

やけにタイミングがよすぎないか？　気にはなったが考えている時間はない。

僕は懐中電灯のスイッチを入れて窓下を照らした。

はっきりとは見えないが、黄色い円に照らされた雪面が、わずかにくぼんでいるように感じた。

「んっ？　へこんでるぞ！」

「まさか飛び降りたのか？」

西野さんと渡辺さんに確認してもらうと、それぞれが言った。

まちがいない。

入井は窓から外に飛び降りたのだ。

理由はわからない。

それなら本人に聞くまで。

「入井をさがしましょう。悲鳴が聞こえてから五分もたっていない。今ならまだ……」

「さがすって、外を？　猛吹雪だぜ。遭難しちまう！」

西野さんが叫んだ。

「ペンションのまわりをさがすだけです。だれもやらないなら俺一人で……」

水口が僕の肩に手を置き、「落ちついて」と言った。

「僕も入井君をさがすよ。でもその前に、この部屋をもうちょっとしらべないと」

「でも入井が……」

「じゃあこうしよう。ムギ君は先に行って。僕はここをしらべて、なにもなければあとを追う」

「気をつけろよ」

「ムギ君も」

短い議論のすえ、僕と渡辺さんと西野さんが外を見て回り、水口と田井中と久保さんが部屋をしらべることになった。なにかあったら大声で知らせるように。という原始的な取り決めをしたあと、僕たち三人は上着を羽織り、玄関ドアを開けた。

びゅううう！

想像を超える風と、横なぐりの雪が襲いかかる。

僕を先頭に、西野さん、渡辺さんの順にならぶと、壁に手をついて、ペンションをぐるりと一周するために歩き出した。懐中電灯と、ペンションからもれる明かりだけで動けるか不安だったが、はっきり言って、それどころではなかった。すさまじい吹雪と、細かな針が全身に突き刺さるような痛みにやられて、顔を上げることもできない。僕たちは声をかけ合って、たがいの存在を確認しながら、道なき道をそれでもすすんだ。雪がこんなにも暴力的とは思わなかった。寒いというより痛い。視界も最悪で、分厚いミルク色のカーテンに覆われているような状態だ。

一メートル先すら見えない中を歩き、なんとか入井の部屋の真下にやってくる。さきほど見つけたへこみは、もう埋まってしまったのか、視界が悪いせいなのかはともかく見当たらない。懐中電灯で照らしても、隙間なく吹き荒れる雪がじゃまでなにもわからない。ホワイトアウトということばは知っていたが、それがどういうものなのかを、はじめて理解した。ペンションの壁に触れていなければ、確実に遭難していただろう。

「もどるぞ！」

渡辺さんの絶叫が聞こえた。

「でもまだ入井が」

「これ以上やってたら、俺たちが消えてしまう！」

そうかもしれない。

もときた道……道なき道だが……を引き返して玄関ドアを開け、僕たちは玄関にころがりこむ。

入井を見つけられなかった。

どこに消えてしまったのだ。

「あんな吹雪じゃ、と……遠くに行こうとしてもむりだぜ」

西野さんがあえぎながら言った。

「どうして入井は、二階から飛び降りたんでしょう」

僕は濡れた上着を脱ぎ捨てた。

「知るもんかよ。だれかを見つけたんじゃないのか。それとも、だれかに追われたとか」

「だれかって、だれです？」

「お前の言ってた犯人じゃないのか。ああくそ、わけがわからな……」

「静かにしろ。変じゃないか」

渡辺さんが短く言った。

「変？ なにがだよ」

「静かすぎる。二階にいる連中はどうした」

本当だ。あまりにも静かだ。

二階から、物音一つしない。

まるでだれもいないように。

「な、なんだよもう……。わけがわからない」

西野さんの言うとおりだ。なにがどうなっているのか、まるでわからない。先回りしてあれこれ考えても、次の瞬間にはくつがえされ、予想もしていなかった急展開がやってくる。雪に閉ざされたこのペンションには、混沌(こんとん)が充満していた。あらゆる予想や予測がつうじない混沌。僕たちはそれに呑(の)みこまれ、最後には全員が消えてしまうのだ。

　事実だけを話そう。

　二階では久保さんが倒れていて、水口と田井中の姿はどこにもなかった。

10

「みんなで部屋の中をさがして、俺がクローゼットを開けた瞬間に、その、なにかが飛びかかってきて、頭をなぐられたんだ。それで気をうしなって……」

　ロビーのソファに横たわった久保さんは、頭をなぐられたと証言しているが、額が少し赤くなっているくらいで、だれが見ても、「命に別状はない」と言うだろう。それでも久保さん本人はつらそうで、ソファに寝そべりながら頭を押さえていた。

「これで、はっきりしたな。これはオーディションなんかじゃないって」

　渡辺さんは宣言した。

「じゃ、じゃあなんだよ。このペンションに殺人鬼がひそんでるってか？」

　西野さんは完全に怯(おび)えきっていた。僕だって似たようなもので、部屋に鍵をかけて閉じこもりたかったが、そんなわけにはいかなかった。

　水口と田井中までいなくなったのだから。

久保さんの供述をすべて信じると、いくつかの疑問が出てくる。水口と田井中の二人は、久保さんが襲撃を受けたあと、消息がつかめなくなったらしいが、僕たちがペンションの外にいた時間は、およそ五分間（そう、たったの五分）だ。そのあいだに久保さんを気絶させ、二人を連れ去ったというのなら、犯人は相当な早業をやったことになる。そんなことはむずかしいうえに、マスターキーは僕が持っていたから、部屋も自由には使えない。

そして最大の疑問。

どうして久保さんは気絶だけですんだのか。

「とりあえず、ここでみんなで固まってりゃ安全だろ。犯人は俺たちの中にはいないわけだし」

西野さんはそう言うが、それは久保さんの証言を鵜呑みにした場合だけだ。犯人は久保さんで、本当は襲撃なんてされていないかもしれない。

決断しなければならない。

考えているだけではだめだ。

今すぐ動かなければ……次は自分の番かもしれない。

僕は事務室の鍵を開けてガムテープを持ってくると、久保さんの手足をしばった。久保さんはあたりまえのように抵抗したが、渡辺さんが手伝ってくれたのでなんとかうまくいく。西野さんはそんな様子を見ながら、「え、お前らが犯人だったの？」と間の抜けたことを言った。

「あほか西野。頭使え」

渡辺さんがにらみつけた。

「なに？　どういうこと」

「俺たち三人が外に行ってるあいだに、こんなことになったんだぞ。久保さんは最重要容疑者だ」

「犯人に襲われたのに？」

「嘘かもしれない」

「嘘って……」

「久保さん、正直に答えてください。犯人はあなたですか？」

渡辺さんがたずねると、手足を拘束された久保さんは、「証拠の一つでも見つけてから質問してくれ」と返した。奇妙に落ちついた声だった。もちろん証拠などないし、僕たちは尋問のプロでもないので、久保さんは証言を変えなかった。入井の部屋をしらべていたら、何者かに襲撃された。そのあとのことは一切記憶にない。この説明だけがくり返された。

僕と渡辺さんで協力して、久保さんをソファにぐるぐると巻きつける。作りかけのハムに似ていた。

「もう一度、水口たちをさがしてきます。……久保さんはここで待っていてください」

僕は言った。

「収穫があるといいな」

作りかけのハムが笑った。

マスターキーを使って鍵を開け、すべての部屋をしらべる。見つけられないのはわかっていた。これまでもそうだった。今さら見つかるほうがむしろおかしいというものだ。でも本当に、彼らはどこに消えてしまったのだろう。ペンションにいないとなると、外か？　こんな猛吹雪なのに？

思考がうまくまとまらない。

アシストがほしい。

「あの、聞いてもらえますか？　これは水口にも話したんですけど……」

僕はれいの、『オーディション説』と『事件説』を融合させた説を話してみる。最初に消えた四人は知り合いで、今回のオーディションのどさくさにまぎれて、柏崎さんが三人を消そうとしたという突拍子もない説は、しかし今となっては笑い飛ばすのはむずかしく、僕たちはいつのまにか神妙な顔つきになっていた。

「柏崎さんが犯人なら、キーのスペアなんていくらでも作れるからな。だけどきみの説がただしければ、俺たち役者まで消される理由はないぞ？」

渡辺さんが疑問を口にした。

「俺の説なんてあやしいもんですよ。犯人は柏崎さんじゃなくて久保さんかもしれませんし、標的は俺たち全員かもしれません。あるいはやっぱりこれは、オーディションなのかもしれません」

「ずいぶん投げやりじゃないか」

「自分の限界がわかったもので」

「そうだな、むずかしいものだな。論理的に考えて、証拠を見つけて、先回りする……。推理ドラマじゃよく見る展開だけど、実際にやるとなると話はべつだったな」

「渡辺さんは、なにか考えがありませんか」

「久保さんが関与しているのはまちがいない。あまり気はすすまないが、手荒に聞き出すしかないようだ」


こうしてロビーにもどった僕たちは、からっぽになったソファを発見する。


ガムテープは切断されていた。

久保さんが隠していた刃物を使って逃げ出したのかと思ったが、できるわけがなかった。手足を拘束したうえ、ぐるぐる巻きにしたのだ。奇術師でも抜け出すのは困難だろう。僕たちが二階に行っているあいだに何者かがやってきて、久保さんを連れ去ったとしか考えられない。あるいは共犯者が助けにきたとか……。

「もうやだあああぁ！」

叫んだのは西野さんだ。

「なんだこれ。なんだよこれ。もうやめてくれ。やだ。ああもうやだ。冗談じゃない。俺は自分の部屋にいる。だれもこないでくれ」

「西野、おい落ちつけ。犯人はスペアキーを持ってる可能性が高い。一人で部屋に閉じこもってるところを襲われるかもしれない」

「じゃあなんだよ！　ここで三人で固まってろっていうのかよ！」

「そうだ。こっちは三人いるんだ。もし犯人が襲ってきたとしても、三人いればなんとかなるさ。それに明日になればバスもくる」

「……バス」

西野さんはその場にへたりこむ。渡辺さんの説得にしたがったというより、疲れきったのだろう。

こうして僕たちは、ロビーで夜を明かすという籠城作戦をはじめた。

せめてもの気分転換にテレビをつける。時刻はあと少しで午前零時を回るところだった。外はあいかわらずの吹雪で、天候の回復は期待できない。ぶじに朝をむかえても、むかえのバスがきてくれるかどうか不安だったが、口にするのはやめておいた。

日付が変わり、本日最初のニュースが流れる。発達した低気圧が甲信越地方に大雪を降らせていること。航空機が滑走路をオーバーランしたこと。高齢者相手に浄水器を売りつけていた業者の代表が逮捕されたこと……。つづいてローカルニュース。長野県全域の天候が荒れ、北部に大雪警報が出たこと。雪によって幅員が狭くなった道路で、乗用車と路線バスが接触したこと。三日前に長野地方検察庁から逃げ出した指名手配犯がいまだに捕まらず、山中に逃げた可能性が出てきたこと。そして指名手配犯の顔写真を見て、僕たちはおどろいた。

こいつに眼鏡と口ひげをつけたら、柏崎さんに似ていないこともない。

西野さんと渡辺さんが話している。

「お、俺たちの見た柏崎さんって……」

「久保さんの話じゃ、柏崎さんと会ったのは今日がはじめてだと言っていたな」

「本物の柏崎さんはもう殺されていて、逃亡犯がなりすましていたとか、そんなオチは聞きたくないぞ」

「わかってる。冗談だよ」

今の僕はなにも信じることができない。

どこまでが現実なのか確信が持てない。

吹雪の中、こんなふうにテレビを観てぼんやりしていると、現実感というものがどんどんそこなわれていく。自分が長野県にいるという現実。ペンションの中にいるという現実。役者をやっているという現実。生きているという現実。現実という現実。それらがすべて薄くなる。

そんな僕の頭にはなぜか、ビビ先輩のことが浮かんでいた。

兄の親友だったビビ先輩は、僕が出会ったときにはすでに奇人だった。ルールというものがなかった。こんなふうに壊れた現実を、ビビ先輩ならどのように攻略するだろう。いつものように、がははと笑い飛ばし、さらに破壊するのだろうか。それができない凡庸な自分をもどかしく思ったが、でもそれは、ビビ先輩が壊れてしまったからこそできる芸当だ。ビビ先輩は……兄がこっそり話してくれたのだが……かつて役者をこころざしていて、なんらかの理由があって挫折し、それから、あのような人格になってしまったという。そんなふうに手に入れた強さなんて、ちっともうらやましくない。僕はどんなときであれ、僕でありたい。なんてことを思いながら、ふと視線を上げると、兄がいた。といっても、天井にぶら下がっているわけだが。僕はそれを、季節外れの蚊でも見るような気分で観察していることに気づいて、夢なのを知る。ああなんだ。夢か。きっと、ビビ先輩からの連想で、兄の夢を見てしまったのだろう……夢？

はっとして顔を上げると、ペンションは暗闇につつまれていた。

まだ夢のつづきかと思ったがそうではない。

停電。

ブレーカーをやられたのだ。

いつのまに眠ってしまったのか。そして渡辺さんと西野さんはぶじなのか。声をかけたかったが、暗闇の中でそれをするのは怖かった。心臓が痛いくらいに高鳴っている。僕はほとんど本能的に身をかがめ、外をさがすときに使った懐中電灯をつけた。黄色い輝きをたよりに事務室に飛びこみ、ブレーカーの電源を入れる。電気はすぐにつき、こんどは懐中電灯を武器のようにかまえてロビーにもどった。

だれもいなかった。

渡辺さんもいない。
西野さんもいない。
「……は？」
かすれた声が、咽喉の奥から出る。そんな僕の声に反応してくれるものはなかった。
テレビも消えている。
完全なる無音。
そして僕だけになった。
そしてだれも見つけられなかった。
僕はペンションの中で一人、たった一人、取り残された。

11

ここ数日の東京は晴れがつづいて、雪はもちろん雲すらない。僕は吉祥寺に住んでいて、夜ともなると駅前はイルミネーションで輝き、その光を見るたびに、クリスマスが近いことを思い出すのだが、そんな感慨もすぐに消えて、気づけば思考の中に閉じこもっていた。

現実感を獲得できない。

僕だけがまだ、あのペンションにいるような気分。

もういくつ寝るとクリスマス。そしてお正月。なのに僕の頭は長野県のペンションに置き去りにされたままで、そこから一歩も動けないのだ。

その日の僕はベッドから這い出ると、適当な服を着て外に出た。年末ということもあって、駅のまわりは人であふれているが、路地に入っただけで、すっと喧騒が消える。その路地はすすむほどに細くなり、目的の家は突き当たりにあった。

時代劇に出てきそうな塀と、よく茂った木々にかこまれた屋敷。

塀を乗り越えて、屋敷の庭にある離れに入る。今日も鍵はかかっていない。

「俺だ。入るぞ」

昔からの礼儀として、声をかけてから階段を上った。

引き戸を開けると、座敷童子がいた。

透けそうなほど白い肌。

奇妙に似合うドテラ姿。

全体的に細く、押せば倒れるどころか折れてしまいそうな体で、人間というよりは人形に似ているこいつは、小学校時代からの同級生だった。

「なんだいムギ君、まるでオーディションにでも落ちたような顔じゃあないか」

　座敷童子が出し抜けに言った。

「そんなことはどうでもいい」

「きみ、来年卒業だろう。大学に行かないのだから、これからは役者一本で生きていくというのに、どうでもいいってことはないんじゃあないかな」

「大学受験しないとは言っていない」

「え、受験するの？」

「ひきこもりが俺の心配をするな」

「とりあえず、こちらにどうぞ。あったかいよ」

　うながされて、コタツに入る。万年床よろしく、季節に関係なく置かれているコタツだが、冬は本領発揮といった感じで、冷えた体をあたためてくれた。僕は出された茶をすすり、カゴに入ったみかんを二つ食べた。三個目のみかんに手をのばそうとして、やめる。くつろぎにきたわけではない。

「先日、合宿に行くって話をしただろ」

「おぼえているよ。きみの大好きな鉄砲塚真太郎のオーディションに合格して、ペンションで親睦会が開かれるという話だったね」

「でもじつはまだ合格していなくて、そこで二次オーディションをすることになったん俺以外の全員がいなくなってしまった」

だ。そしてオーディションの最中に、ペンションから人が消えはじめた。最終的には、俺以外の全員がいなくなってしまった」

「そんな大事件が起こったというのに、まったく報道されていないけど」

「実際は、ただのオーディションだったからな」

「なあんだ」

「みんなぶじで、先に東京にもどっていた。俺だけが消えなかった。そして、俺だけがオーディションに落ちた」

「それはそれは、おきのどくさま」

「俺は知りたいんだ……。あのペンションでなにが起こったのかを。あれはいったいなんだったのかを。そしてどうして、俺だけがオーディションに落ちたのかを」

「聞けばいいじゃあないか」

「もちろん聞いたさ。でも、だれも話してくれないんだ。みんな俺を避けているというか、腫れ物に触るみたいに……」

水口や入井は、「なにも話せない」としか言わないし、鉄砲塚真太郎の連絡先も知らないので確認できない。そのせいで、僕の混乱は終わらなかった。

「俺の謎を解決してくれないか」

「僕は探偵じゃあないよ」

「わけがわからないんだ。なにがどうなってるのか、見当もつかないんだ。あのペンションでなにがあったのかがわからない以上、俺は次にすすむことができない」

「ふむ。それはこまる。ムギ君の歩みを止めるものはゆるせないね」

鹿間はそう言って、なのに楽しそうにほほえんだ。

12

「はいはい到着しましたよぉ……。まったく、きみは先輩をなんだと思っているの？」

「今さら怒ってみせてもしかたないですよ。もう現地についてるんでしょう？　雪国を楽しんでくださいよ。年の瀬に山奥なんてすばらしいじゃないですか」

「僕の貴重な休みが台無しだよぉ」

電話が切れた。

久川さんは事務所の先輩で、いつも甘えさせてもらっていた。とはいえ、ペンションに潜入してほしいとたのまれるとは思っていなかっただろう。僕は後輩のために長野まで出かけてくれた慈悲深い先輩に感謝しつつ、鹿間と交わした昨日の会話を思い出していた。

「ペンション『スノーギャリコ』で発生したすべての現象は、鉄砲塚氏の演出による二次オーディションだった。消えたと思われた役者たちは一足先に東京へもどっていて、ペンションに最後まで残っていたのは、ムギ君ただ一人。はてさて、いかなる手法で、雪に閉ざされた建物内から彼らは消えたのか。いかなる理由で、ムギ君だけが取り残されたのか……。これを僕に解決してほしいというわけだね」

「あとは、二次オーディションの『合格の条件』も知りたい。どうして俺だけオーディションに落ちたのか、いろいろ考えてみたけどわからないんだ」

「なにはともあれ、調査をしなくちゃあいけないね」

「ペンションの？」

「当然だよ。現場をしらべもしないで推理する探偵がいるなら、ちょっと見てみたいものさ。裏づけのない推理なんて、ネットのニュースよりあやしい」

「ひきこもりのプロが言うと説得力がちがうな」

「あのペンションは調査する必要がある。だけど僕は長野に行くことはできない」

「いばるなって」

「ひきこもりのプロなのでここから出られない」

「悪かったって」

「そしてもちろん、ムギ君も行くことはできない。顔が割れているからね。ビビ先輩にたのむのはどうかな？」

たしかに、常識が通じない世界では、ビビ先輩のような人間は有効かもしれないと僕も思ったが、今回は調査だ。そうした細やかなことがビビ先輩にできるとは思えない。

「やめておこう。ビビ先輩に調査なんてむりだ」

僕はすぐに言った。

「そうかなあ。心配ないと思うけどなあ」

「あいかわらず、ビビ先輩への評価が変に高いな……。とにかくべつの人をさがそう」


というわけで白羽の矢が立った久川さんは、こころよく承諾……とはならなかったが、それでもスキー道具も持たずに、真冬のペンションに宿泊してくれたのだった。

時刻は午後三時。僕はスマートフォンをぼんやり見つめながら、お菓子を食べたりコーラを飲んだりして連絡を待っていた。ペンション内で消えた僕のスマートフォンは、帰りのバスの車中に置かれていた。どうしてこんなところにあるのかをバスの運転手に聞くべきだったが、あのときは混乱していてそれどころではなかったのだ。

スマートフォンが震える。相手は久川さんで、「もしもし、ペンションにチェックインしたよぉ。今は部屋にいる。階段側から数えて四つ目の部屋だよ」と言った。好都合。それは入井が泊まった部屋だった。

「本当に助かります久川さん。あの、かならずお礼はしますので……」

「ふんだ」

「怒ってます？」

「僕が笑顔を浮かべているとでも思ってるの？」

「ええと、ではさっそくですけど調査をおねがいします」

「話をそらさないでよ」

「俺としても深いレベルの議論をしたいところなんですが、調査してもらうことがたくさんありまして」

「あっそう。じゃ、はじめようか……」

久川さんのため息が受話口から聞こえた。

僕は鹿間が書いてくれた調査メモから、今すぐやれそうなものをピックアップした。

「久川さん、『客室にある窓の鍵の撮影』と、『客室から見える風景の撮影』の二つをおねがいできますか」

「窓の鍵なんて、ふつうの鍵だよ？　外の風景だって似たようなものだ。どこにでもある雪景色」

そう言って送られてきた写真には、久川さんのことばを補強するように、よくあるタイプのクレセント錠と、『ペンション　冬』で検索すればうんざりするほど出てきそうな風景が写っていた。ひどい吹雪しか記憶にないので、晴れわたった雪景色はそれでも新鮮だったが。

「これも見る？」

久川さんはつづけて、数枚の写真を送ってくる。

ペンションの全景を撮影したものだ。

二次オーディションに参加したときは外観をろくに見ていなかったが、木造二階建てのペンションは、山の中腹にぽつんと建っていて、周囲は手抜きイラストのようになにもなく、白い風景が広がっていた。興味をそそるものといえば、駐車場だろうか。ペンションの入口付近には駐車スペースがあり、五台の車がとまっていた。

駐車場。

あのときはまったく気づかなかった。

久川さんの声が流れた。

「きみからだいたいの話は聞いたけどさ、役者たちが外に出て、ほかの建物に移動したって推理をしているのならむりだと思うよ。ペンションのまわりにはなにもないもの」

「車の中というのはどうですか」

「オーディション当日、駐車場に車はあった？」

「それがおぼえてなくて……。基本ずっとペンションの中にいましたから。でも、印象がないってことは、駐車場にずらーっと車が置かれてるって感じじゃなかったとは思います」

あったとしてもせいぜい、一台か二台。

オーナーの柏崎さんと、アルバイトの久保さんの車。

この二人は、鉄砲塚真太郎の協力者だった可能性が高く、彼らが役者たちを車に詰めこんだという推理は、そこまで強引ではないだろう。当日は猛吹雪のために、一階ロビーの窓から外は見えなかったし、風も吹き荒れていた。車のエンジンを一晩中かけていたとしても、僕たちが気づけたかはあやしい。入井が消えた直後、僕と渡辺さんと西野さんとで外を捜索したが、わずか五分ほどなのだから、用心としてそのあいだだけエンジンを切っても問題ない。

役者たちは外に出たあと、車の中に隠れていた。

これは見込みのある推理かもしれない。

「それじゃ久川さん、次の調査をおねがいします」

「はいはい、なんでもどうぞ」

「飛び降りてもらえますか」

「ん？」

「飛び降りてもらえますか」

「ええと、なにを言っているのかな？」

「調査です。『二階の窓から飛び降りろ』って……」

「…………」

「久川さん？」

「き、きみは僕をなんだと思ってるの？　年末に人を長野に送りこむだけじゃ飽き足らず、飛び降りろだって？」

「まあまあ遠慮せずに」

「遠慮するよ！」

「やっぱりむずかしいですかね」

「いや、そりゃ……まあ、飛び降りても問題ないとは思うけどさぁ。雪がかなり積もっているから。ねえムギ君、質問していいかな」

「なんでしょう」

「これ、捜査に関係あるの？」

「あるからたのんでるんです」

「なかったらイジメだって。この支払いは高くつくよ。だいたいさぁ、ここの宿泊費だって僕が……」

「まあまあ」

一悶着（ひともんちゃく）あったが、優しい久川さんは窓から飛び降りてくれる。

短い悲鳴の直後、どすんという大きな音が響いた。

「う、う、うは……と、飛んだよ！　寒い！」

「大丈夫ですか」

「寒いよぉ。雪にすっかり埋まってしまった……でもまあ、だ、大丈夫。ねえ、これがなんの役に立つの？　消えた役者たちは窓から飛び降りたって考えてるの？」

「あくまで可能性ですけど」

「でも、その日は猛吹雪だったんでしょう？　飛び降りたあとはどうするの。車をめざすとしても、ここから駐車場まで数百メートルはあるよ。夜で、吹雪となると、移動するのはむずかしいんじゃないかなぁ。ねえ……僕ちょっと考えたんだけど、これさ、出来レースだったんじゃないかな」

「出来レース？」

「きみ以外はみんなグルで、きみだけをオーディションで落とすために結託して動いてたとか」

　本当にそうだとすれば、それこそイジメだ。

13

　二階にいたはずの久川さんが玄関から現れたとき、どんな弁明をしたのかはわからずじまいだが、時は流れて午後七時。今ごろむこうは夕食の時間のはずだ。僕は総菜パンを食べながら、河見さんのことを考えていた。いちばん最初にペンションから消えたあの役者のことを。

　河見亜希彦は実在した。東京にもどってきたあとでしらべてみると、河見亜希彦という役者は本当にいて、『暗黒探偵　ザ・ライブミステリ』の末席に名を連ねていた。河見さんの名誉のために言うが、彼は僕たちとおなじ条件で二次オーディションを受けて、合格したのだ。

こうなるとやはりわからないのは、『合格の条件』だ。

河見さんの演技は平凡なものだったし、ほかの合格者も似たようなレベルだった。そもそも二次オーディションに使われた脚本『白い山荘』は未完成で、一幕ていどしかやっておらず、鉄砲塚真太郎は途中で姿を消している。

鉄砲塚真太郎はなにを基準として僕を落とし、ほかの全員を合格させたのだろう。

スマートフォンが震える。

画面には笑顔でビーフシチューをよそう柏崎さんの写真があった。『柏崎氏の顔写真の撮影』という調査メモにしたがって久川さんが送ってくれたもので、それは二次オーディション当日に見た柏崎さんとおなじ顔だった。

ペンションにいた柏崎さんは別人で、逃亡犯が成り代わっていたのでは……という仮説が、くだらない妄想だったことがあきらかになり安心した。ちなみに逃亡犯は先日ぶじにつかまったらしい。柏崎さんは正真正銘の本物というわけだ。

いっぽうで、存在が曖昧になったのは久保さんだ。久川さんによると、ペンションでは二宮（にのみや）という若い男性が働いていて、毎年シーズンになるとここでアルバイトをしているらしい。送ってもらった写真には、久保さんとは似ても似つかぬ顔が写っていた。久保さんは本当に、臨時のアルバイトだったのかもしれない。

「部屋にもどりましたよかわいそうな先輩が……」

しばらくあって、久川さんから電話がかかってきた。

「どうもお疲れさまです」

「ああもう、気まずかった。みんなスキー客ばかりだから、ものすごく浮いてて気まずかった……。あれこれ弁解したせいで、僕はイエティ研究家っていう、なんともあやしい設定の客になっちゃったよぉ」

「夢があっていいじゃないですか」

「恥ずかしいから、しばらく部屋でのんびりしているよ。夕食のビーフシチューを食べすぎてお腹も重いしね。あ、そうそう。忘れないうちに教えておくよ。あかずの間についてだけど……」

「わかったんですか？」

鹿間の調査メモには、『あかずの間の秘密をあばけ』とあったが、柏崎さんが素直に教えてくれるとは思っていなかったので、半ばあきらめていた。

「わかったというか、いたよ」

「だれがです」

「あかずの間の住人」

「はい？」

「柏崎真奈美ちゃん。十歳。好きなものはキャラクターグッズ。趣味はウインタースポーツ。将来の夢はＣＡだって」

「え、ちょっと待ってくださいよ久川さん。本当にいたんですか？」

「今日の夜、柏崎さんの奥さんといっしょにペンションにやってきたんだ。冬休みのあいだは毎年このペンションですごして、ウインタースポーツを楽しむのが恒例らしいよ。ボーゲンとパラレルのちがいを、僕にたっぷり教えてくれたもの」

「生きていたってことですか。でも遺影と遺骨が……」

「遺影なんて、写真を引きのばすだけで作れるし、遺骨だって、中身を確認したわけじゃないでしょう？　きみたちは一杯食わされたんじゃないのかな」

だとすれば、あまりにも悪趣味だ。

「……久川さん、いろいろありがとうございます。おかげで助かりました。調査はあと一つだけですから、それが終わったらゆっくり休んでください」

「はいはいオッケー。で、なにをすれば？」

「一階にバスルームがありますよね。そこのボイラーを壊してください」

「わーお」

「『ボイラーを破壊しろ』ってのが、最後の調査なんです」

「調査じゃなくて器物損壊じゃないか」

「調査じゃなくて器物損壊ですね」

「もう帰る」

「おねがいします。久川さんだけがたよりなんです」

「こんなときばかり！」

必死にたのみこんだすえ、「責任はすべてこちらがとる」「もし壊れなかったらあきらめる」という条件を吞むことで、久川さんは行動を起こしてくれた。本当に、心からもうしわけないと思った。

久川さんから報告があったのは二時間後。ボイラーのメモリをめちゃくちゃにいじったら壊れたこと。柏崎さんが修理をこころみたが直らず、レスキューを呼んだことが告げられた。

さて、これはどういうことだろう。僕たちが『殺人予告状』のアリバイについて話していたとき、柏崎さんと久保さんがびしょ濡れの状態でバスルームから飛び出してきて、ボイラーが壊れたので修理していると言った。そのあとで水口がしらべたとき、ボイラーは直っていたと証言していた。水口が嘘をつく理由はないので、それは本当なのだろう。なぜ今回はボイラーを直せなかったのか。あのときは久保さんが直した？　久川さんがボイラーを壊しすぎた？　ボイラーははじめから壊れてなどいなかった？　わからない。さっぱりわからない。やっぱりわからない。

14

「だいたいわかったよ」

翌日の午後四時すぎ。

僕からの調査報告を聞くなり鹿間はそう言った。

あくび混じりでそんなことを言う鹿間の髪には、盛大な寝癖がついている。僕がやってくるまで、ずっと寝ていたのだろう。そんなやつがあっさり謎を解くのが気に入らず、僕はつい、「本当にわかったのかよ」と言った。

「あくまで仮説だけどね」

「じゃあ早く教えてくれ。俺の身になにが起こったのかを説明してくれ」

「その前にみかんを食べてもいい？　おなかすいちゃって」

鹿間はカゴからみかんを取り出すと、あまり見たことがないやりかたで皮をむき、ちびちび食べた。動物園のリスがフルーツを食べている姿を見たことがあるが、なんとなくそれに似ていた。

「ところでムギ君、本当に大学受験するの？」

「なんだよいきなり」

鹿間が不意に聞く。

「いきなりじゃあないさ。高校生活は三年間もあったのだ。大学について考える時間は、たっぷりあったと思うけどね」

「まだ決めてない」

「迷っているのかな」

そうではない。

役者として生きる自分の姿も、大学生活を満喫する自分の姿も、うまくイメージできないのだ。どちらも嘘っぽいというか、別人のように感じるというか。それは僕が僕自身をコントロールできていない証拠だろう。

なんてことを今さら言うわけにもいかないので、そのまま話題を返す。

「お前こそどうするんだよ大学」

「その前に留年さ。出席日数がまるで足りていないもの」

「お前が後輩になるとは思わなかった」

「ムギ先輩だね」

「なんか気持ち悪いなそれ」

「僕は来年も、この部屋から出ないよ。ひきこもり全開。モラトリアム全開でやらせてもらうさ。だけどムギ君は社会と接している以上、そういうことはできない。きみがどんなスタンスでいようと、将来的には、役者一本で生きることになる」

「なんでそんな話をするんだ」

「きみは前にすすまなくちゃあならない」

「わかってるって」

そのためにペンションの謎を解決するのだから。

鹿間は小さくうなずき、「わかっているならいいさ」とつぶやいた。

「では、はじめるとしようか。ええと、今回の件が特殊なのは、ぱっと見たかぎり謎が存在しないという点だね。ムギ君が夏に遭遇した事件は、舞台上で役者が消えた謎というミステリアスな趣向、解かれるべき問題があった。だけど今回、表面上はなにも起こっちゃあいない。ペンションで二次オーディションが開催されて、合格者と不合格者が出た。ただそれだけで、謎なんてものはない」

「俺にはある」

「そう。謎を体感しているのはムギ君だけ」

「でも実際、『合格の条件』は謎だろ」

「最初に断っておくけどね、僕にはそれを解くことはできないよ」

「できない？」

「僕は鉄砲塚氏ではないからね。どんなに推理をかさねたところで、鉄砲塚氏の心の内側まではのぞけない。鉄砲塚氏がいかなる判断基準をもとに合否を決めたのかなんて、そんなものは本人にしかわからないプライベートな領域さ」

「じゃあお前がさっき、『だいたいわかったよ』って言ったのは、なににについてなんだ？」

「あの日、ペンションでなにがおこなわれたかについて」

「じゅうぶんだ」

それがわかれば、『合格の条件』もわかるかもしれない。

鹿間は説明を再開させた。

「時系列にそって話そう。最初は河見氏の消失だね。午後七時三十分からはじまった二次オーディションの途中、河見氏が脚本のとおりに自室に入り、やはり脚本のとおりに悲鳴を発した。しかし脚本とはちがってドアに鍵がかかっていて、呼びかけても返事がなく、不審に思って開けてみると、ドアにも窓にも鍵のかかった室内から、河見氏が忽然(こつぜん)と姿を消していた……」

「俺たちはそれで、河見さんがどこかに隠れたと思って捜索をはじめたんだ。でも見つけられなかった」

「当然さ。河見氏はこのとき、外にいたのだからね。そのことはもう、ムギ君も気づいているんじゃあないのかな？」

「窓から外に飛び降りたっていうんだろ？　でも、鍵はどうする。河見さんの部屋の窓には鍵がかかっていた。二階の窓から飛び降りたあとで鍵をかけるのは不可能だ」

「ムギ君の証言を聞いて、気づいたことがある。河見氏の部屋にだれよりも先に入ったのは、鉄砲塚氏だよね」

あの日の光景を思い出す。

柏崎さんがマスターキーを使ってドアを開けると、鉄砲塚真太郎は躊躇(ちゅうちょ)なく部屋に足を踏み入れた。

「あのねムギ君、僕は鉄砲塚氏の性格を知らないけども、いくらなんでも不用心すぎやしないかな。だってね、ドアを開けたらまっくらで、呼びかけても反応がないのだよ。そんな部屋に電気もつけず飛びこむ気にはなれない。鉄砲塚氏は、河見氏が室内にいないことを知っていたのじゃあないかな。そして暗いままの部屋に、だれよりも早く入る必要があったのじゃあないかな。つまり……」

「鉄砲塚さんが窓に鍵をかけたって？」

「ご明察。ムギ君の話によれば、鉄砲塚氏は窓の前に立っていたのだよね？　みんながあちこち見て回っているすきに鉄砲塚氏は窓の鍵をかけて、室内に入りこんだ雪をふいたのさ」

「河見さんが外に出た痕跡を消すために？」

「こうすることで河見氏がペンション内に隠れたとだれもが思いこんだ。そして次なる展開がやってくる」

「鉄砲塚さんと柏崎さんの消失……か」

「彼らとアルバイトの久保氏が協力関係なのも、きみはすでに気づいているよね？　鉄砲塚氏と柏崎氏は、久保氏に誘導されて外に出た。河見氏のときとおなじように、どこかの部屋の窓から外に出たあと、久保氏に鍵をかけてもらったのだろう」

「そのあとはどうするんだ。お前の話じゃみんなぽんぽんと外に出てるけど、夜を明かす場所なんてどこにもないぞ。車もむりだ。久川さんの印象じゃ、吹雪の中でペンションから駐車場まで行くのはむずかしいって話だった」

「車じゃあないさ。もしムギ君のようなうっかり者が、これを本当の事件だとかんちがいして、『車を使って山を降りよう』なんて話になったら、強引に乗りこまれてしまうかもしれない。おそらく久保氏あたりが、吹雪の中を車で逃げるのは危ないからむり。なんてふうに予防線を張っただろうけど」

「……似たようなことを言われた気がする」

「まあもちろん、吹雪の中を運転するのは危険行為さ。そのような展開にならなくてよかった。ムギ君にもしものことがあったら、僕は長野まで駆けつけていたかもしれない」

「本当に？」

「うーん」

「ひきこもりのプロなのに？」

「う、うーん……」

「いいよ考えこまなくても。で、車じゃないとすれば、外に出たみんなはどこにいたんだ」

「やっぱり、ムギ君は気づいていないようだね」

「なにがだよ」

「雪国にうってつけの建物があるじゃあないか」

「建物？」

「かまくらさ」

「本気で言ってるのか」

「かまくらという表現に怒りを感じるのなら、イグルーでもいい。イグルーって知ってる？　イヌイットが作る簡易的なシェルターのことで、スノーハウスとも呼ばれている。こうね、雪をぎゅっと圧縮させてブロックにしたものをドーム状に積み上げると、風に強くて保温効果もある……」

「かまくらが作られたという証拠は？」

「ないさ。雪だもの。壊してしまえばなにも残らない」

「証拠もないのに……」

「不満なら、話すのをやめるけど」

「いや、悪かった。つづけてくれ」

「鉄砲塚氏が最初に計画していた二次オーディションの内容は、おそらくまったくちがったものだった。オーディション用の脚本である『白い山荘』と、夕食時に話題になった『殺人予告状』と、事前にセッティングしていたあかずの間が効果的に組み合わされたものを予定していたんじゃあないかな。だけどそこに、事前の計画を大きく変えるものが現れた。物語の仕組みと運命を根底からくつがえすものが天から降ってきた」

「雪、か」

「吉良邸討ち入りも、桜田門外の変も、突然の大雪によって成功したと言われているし、それらが今も人々の心を魅了するのは、雪の印象によるところが大きい。二次オーディションの準備をすすめていた鉄砲塚氏は、雪を見て天啓を得た。そして柏崎氏に計画変更の相談を持ちかけた。かまくら作製を提案したのは、柏崎氏かもしれないね」

「かまくらはいつ作られたんだ。俺たちがペンションについたときには完成していたのか？」

「そのとき雪は小降りだったから、客室にいる役者たちに作業を見られてしまうおそれがある。実行されたのはペンションが本格的な吹雪につつまれてからだね。時間にすると、午後六時くらいかな」

「なんでそんなことがわかるんだよ」

「夕食の時間さ」

「あ」

鉄砲塚真太郎は僕たちに、『夕食にはかならず出席するように。夕食は六時からだ』と言った。今から思えばしつこい言い回しだが、僕たちはとくに気にすることなく、時間通りに席についた。あのときみんなでビーフシチューを食べたり『殺人予告状』のアリバイを確認しているあいだに、かまくらが作られていたというのか……。

柏崎さんと久保さん。

二人はびしょ濡れだった。

ボイラーを修理するときに濡れたと説明していたが、あれはかまくらを作るために外に出たことを隠す小芝居だったのだ。

僕がそう言うと、鹿間はうなずいて、「そのとおりさ」と答えた。

「寒い外から室内にもどると、肌が赤くなったり鼻水が出たりするし、外気に触れた雰囲気というのもすぐには消えない。二人はそうした痕跡をまるごと隠すため、バスルームで水をかぶったのだろうね」

「でも鹿間、それは危険じゃないか？　俺たちは夕食の前までは自由に行動できた。今回は、たまたまみんな自分の部屋にもどったからよかったけど、もしだれかがずっと一階にいたらどうするんだ」

実際、田井中はしばらくロビーに残っていた。

「外への出入りはバスルームの窓を使ったはずだし、なにより鉄砲塚氏がいる。一階に人がいた場合は、話があるなどと理由をつけていっしょに二階に上がり、外で作業する柏崎氏に、電話かメールで合図を送ればすむだけさ」

「鉄砲塚さんも柏崎さんも、電話を持ってないぞ」

「身体検査でもした？」

「……やっておけばよかった。ついでに、二三発ぶんなぐっておけばよかった」

「暴力はよくない」

「くそ、なにがかまくらだ……」

声がかすれていた。

二次オーディションに落ちたのは僕だけ。

最後までペンションに残ったのは僕だけ。

そのあいだ、ほかのみんなはかまくらの中でにこにこ笑いながら、カセットコンロで餅でも焼いて食べていたというのか。みんなで僕を笑っていたというのか。

僕は恥に呑まれながら言った。

「どうして俺だけが落ちたんだ？　俺の演技は、そんなに下手くそだったか？」

「そうじゃあないよムギ君」

「鉄砲塚さんの好みじゃなかったってことか？　たしかに演劇畑の人から見れば、二・五次元の役者は変な演技をしているかもしれないけど、それを言ったら全員そうだし、そもそも水口をのぞけば、みんなそれほど上手くなかったのに……」

「そうじゃあないって」

「だったらなんだよ。どうして俺だけが落ちたんだよ。オーディションの合格者は、みんなペンションから外に連れ出されたのに、俺だけが置き去りに……」

「ムギ君はかんちがいをしている」

「かんちがい？」

「鉄砲塚氏は、その『外』に気づいた者から順番に合格させたのさ」

鹿間がなにを言っているのかわからなかった。

たっぷり十秒以上使って考えてみたが、それでもやはり意味がわからず、かろうじて理解できたのは、二次オーディションの『合格の条件』が、演技とはなんの関係もなかったことだけ。

「それじゃなんのために俺たちは……『白い山荘』をやったんだよ。鉄砲塚さんは俺たちの演技には興味なかったのか？」

「僕は鉄砲塚氏ではないから、その問いにはコメントできない。『白い山荘』がなにかしらの判断基準になっていたかもしれないし、演技に無関心ということもなかったかもしれない。ただ状況から判断するに、かまくら……いや、『外』の概念に気づいた順に、役者たちはペンションから姿を消しているのはたしかだ。最初は河見氏。つづいて入井氏」

「入井は、あいつはどうやってそこに気づいたんだよ」

「偶然見つけたと僕は思っている」

「偶然だって……」

「捜索に区切りをつけた役者たちが、オーディション再開の前に小休止をとるため客室に引き下がったのが午後十時。入井氏はそのとき自室で、外の光を見たのかもしれない」

「なんだよ光って」

「かまくらからもれる光さ」

「外は吹雪だぞ」

「瞬間的に弱まったかもしれない。ムギ君が気づかなかっただけで、そのようなタイミングがあったかもしれない」

「『かもしれない』ばかりだな」

「だって仮説だもの」

鹿間は悪びれずに言うと、ゆっくりと茶をすすった。僕はそれを見て咽喉の渇きに気づき、出された茶を一気にあおる。渇きはまるで消えてくれず、むしろひどくなったように感じた。恥のせいだろう。

かまくらからもれる光とやらを、入井が本当に見つけたとして、僕はそのとき、水口の部屋でトンデモ推理をえらそうに披露していた。

「どうして入井は俺に知らせてくれなかったんだ。どうして一人で行ってしまったんだ」

僕は渇きを少しでも減らすために質問した。

「外の光を見つけた入井氏は、そんなことにまで気が回らないほど驚愕(きょうがく)したのだろう。入井氏はその光から、オーディションの本質を見抜いたのだ。あの光のもとで鉄砲塚氏が待っていることを直感的に理解したのだ。そして入井氏は思わず大声を上げた」

入井の悲鳴。

あれは、よろこびとおどろきの入り交じった絶唱だったのか。

「入井氏はこうして、えいやと窓から飛び降りた。入井氏の念頭には、河見氏のことがあったはずだ。河見氏が窓から飛び降りて外に出たことを、このとき入井氏は見抜いていた。一つの小さなきっかけからすべてを理解するというのは、よくあることだからね」

「疑問なんだけど、どうしてペンションの近くにかまくらを作ったんだ。そのせいで入井にバレちゃったじゃないか」

「遠くに作ればたしかに見つかりにくいけど、たどりつく前に遭難でもされたら一大事だろう？　外の光は、ペンションからそこに到着するために用意されていた。客室から見えてしまうリスクを負ってでも、目印としてつけていたのさ。灯台のようにね」

灯台か。

僕の乗った船はそこに導かれなかった。

鹿間は僕を見守りながらつづける。

「僕が想像するに、鉄砲塚氏がペンションから消えてから、二次オーディションはスタートするはずだった。でもその前に、河見氏が真相に気づいてしまい、ちょっとばかりプランが狂った。現実なんてこのようなものさ。推理小説のように、だれもが駒みたいに動くことはないもの」

「河見さんもその光を部屋で見つけて、それで窓から飛び降りたのか？」

「どうだろうね。ただ河見氏は、自分が『外』に気づいたことを、鉄砲塚氏に事前に報告した。だからこそ鉄砲塚氏は、窓の鍵をかけることができた。もし河見氏の部屋の鍵が開いたままだったら、その時点でみんなそろって真相に到達しただろう。オーディションは台無しになっていたかもしれないね」

「そうなっていればよかったよ。で、入井のあとは、水口と田井中がペンションから消えるわけだけど、それも外の光をたまたま見たからじゃないよな」

「ムギ君の説明によると、水口氏はオーディションの攻略法について考えていたのだよね？　どうすれば合格できるのかを思案していた水口氏は、河見氏につづく入井氏の消失と、入井氏の部屋の窓に鍵がかかっていなかったことで、『外』に気づいたのだろう。こうして真相を知った水口氏は、そのことを久保氏につたえた。久保氏は、鉄砲塚氏と役者たちとの橋渡しだった。まあそれが、鉄砲塚氏が考えていた本来の手つづきなのだろうけど」

「田井中は？　俺たちが入井をさがすためにペンションを出たとき、田井中は水口といっしょだった。真相に気づいた水口のそばにいたから自動的に合格したっていうのか？」

だとすれば、なんてザルなルールだろう。

「先に気づいたのは、もしかしたら田井中氏かもしれないよ。あるいは二人同時に気づいたかもしれないよ」

「どうでもいい。どっちにしても、俺だけが蚊帳（かや）の外であることに変わりはない」

「ムギ君……」

「渡辺さんと西野さんにしてもおなじことだ。どっちが先に気づいたのかは知らないけども、なんとか久保さんに連絡をとるか外に飛び出るかして、二人は合格した。俺もそうすればよかったのかよ。橋渡し役の久保さんが消えて、俺はペンションに放置されたんだ。合格のチャンスを消し飛ばされたんだ」

「きみは夜中に眠ってしまったのだろう？　このまま朝まで起きないと判断されたのかもしれない。あと久保氏だって、まさかソファにしばりつけられるとは思ってなかっただろうし……」

「もういい」

僕は立ち上がる。

「ムギ君、どこへ？」

「あとは俺の問題だ。自分でやる」

僕にしてはめずらしく、はっきりした口調だった。

鹿間ははじめに、『合格の条件』は解けないと宣言した。鉄砲塚真太郎のしかけた二次オーディションのからくりは解明できても、合格者と僕を分けたものがなんであるかは本人にしかわからないと言った。

それなら、直接聞いてやる。

15

渋谷YKビル四階で『暗黒探偵　ザ・ライブミステリ』の稽古がおこなわれていることをその場でしらべると、鹿間の離れを出て渋谷にむかった。電車に乗っている最中、ずっと息が荒かった。ビルに到着すると、自分を落ちつかせるための時間稼ぎに、エレベーターではなく階段を使うことにしたが、呼吸が乱れてむしろ悪化した。

ドアの前に立つ。

いくつもの声が響いてくる。

合格者たちは稽古中のようだった。そろって青春の声を上げていた。気持ちのいい汗を流したあと、みんなで将来の夢を語りながらラーメンなんかを食べるのだろう。胸のあたりがちくりと痛む。なんとも古くさい表現だが、本当にそうなったのだからしかたがない。

僕がドアを開けた瞬間、まるで時がとまったように、室内にいる役者たちがかたまった。僕の顔を見たとたん、水口も、入井も、田井中さえ、全員そろってぴたりとストップ。この様子を舞台上で再現できたらちょっとした見物だろうなと、つい仕事のことを考えそうになるほど、とてもよくできた光景だった。

「部外者は立ち入り禁止だ」

凍りついた世界から最初に脱出したのは、鉄砲塚真太郎だ。脚本から顔を上げるついでのように僕を見ながら言った。

「部外者は、あなたのほうじゃないですか。べつの業界からやってきたあなたのほうじゃないですか」

僕はすぐさま返す。

そのようなことを本気で思っているわけではないが、うまい反応ができて気分がよかった。

「どんな主張をふりかざしたところで不合格に変わりはない。帰りたまえ。ここは『暗黒探偵　ザ・ライブミステリ』の稽古場だ。きみの出る幕はないよ」

「俺は話を聞きにきただけです」

「話すことなどない」

「俺にはあります。俺はまだ、あのペンションの中にいるんです。前にすすめないんです」

「それを、わたしのせいだと言うつもりじゃなかろうね。会社の面接で落ちて、担当の面接官を逆恨みして殺したなんて事件があったが、きみはその手のタイプかい？」

「あなたの二次オーディションはおかしかった。演技の中身じゃなくて、『外』に気づいた者を合格させるなんて、そんな謎解きみたいな審査は一般的じゃないし、しかも合格者のそばに偶然いたやつまで合格させている。いくらなんでもそんなのはアンフェアです」

「無効にしろと？」

「俺はそこまでクズじゃありません」

二次オーディションのおかしさについては糾弾するが、鉄砲塚真太郎が主導権をにぎっていることも理解している。どんなにルールが納得できないものであっても、やり直せないのは承知ずみ。

僕がここにいるのは、文句を言いたいから。

「どうしてあなたは、こんなオーディションをしたんですか？」

そして、これを聞きたいから。

鉄砲塚真太郎はしばらく僕を見ていたが、脚本を机に置くと腕を組み、「きみは脚本を書いた経験はあるかな？」とたずねた。そんなことは考えたことすらないので首をふると、鉄砲塚真太郎は意外にも非戦闘的な声で言った。

「できあがった脚本をやらせてみると、どうにも奇妙な気分になることがある。役者たちに脚本をうばわれてしまう感覚がある」

「うばわれてしまう？」

「役者が見せる奇跡。脚本を飛び越えた先にあるすばらしい景色。そういうものがあるのは否定しないよ。だが、いつもいつも好き勝手やられちゃこまるのだ。それはかんべんしてほしいのだ。わたしにだって見せたい奇跡はある」

「なんのことだかわかりませんが、二・五次元の役者なら、御しやすいとでも考えましたか？　たしかに一般演劇の役者たちはこだわりが強そうですけど」

「二・五次元の役者たちには、型がある」

「ラリックでしたっけ？」

「うれしいね。わたしのインタビュー記事を読んでくれていたとは」

「俺はあなたの……ファンですから」

僕が言うと鉄砲塚真太郎は少しだけ、本当に少しだけ笑い、「なんだ。それならそうと早く教えてくれたらよかったのに」と言った。

「わたしのインタビューを読んでいるなら話は早い。ラリックは日本の型紙産業から影響を受けて、あざやかなガラス細工を作り上げた。適切な型さえあれば、最高のものが作れる。そして諸君らにはそれがある。二・五次元の役者たちは舞台の上で、それは純真な動きをするからね。演劇の型を、みごとに継いでいる。こんなのはちょっと、今の演劇界ではめずらしい」

「自覚はありませんけど」

「そんなものはどうでもいい。むしろ、自覚するとそれを排除しようとする傾向が現れてしまう。諸君らだって、自分たちのおかしさには気づいているんだろう？　わたしは知っているよ。諸君らの目標が、二・五次元俳優からの『卒業』ということを」

それは僕だけではなく、室内にいる役者全員に言っているようだった。

鉄砲塚真太郎はつづける。

「で、『卒業』したあとでどうする？　テレビドラマに出るかい？　バラエティ番組に出るかい？　映画に出るかい？　そして、二・五次元俳優だった過去を封印するかい？　女優と熱愛発覚かい？　まったくつまらない。そんな平々凡々なゴールを求めるために、今あるすばらしさを消すなんてナンセンスの極みだ」

「ナンセンスとは思いませんけどね」

そう答えたのは……水口だ。

ジャージ姿の水口は、首筋に浮かんだ汗をタオルでふきながら、すがすがしい笑みを浮かべていた。いつもの水口がそこにはいた。その様子を見て、僕はとてつもなく安心した。

鉄砲塚真太郎は水口には取り合わず、僕に視線をもどして言う。

「諸君らの今の状態、今のテンション、今の空気、今の型、わたしが興味を抱き、すばらしいと思うのはまさにそこだ。この瞬間を獲得するため、ここにやってきた。わたしはね、わたしの脚本に乗ってくれる役者がほしかった。それだけなのだ」

16

「わたしがはじめに考えた二次オーディションは、このようなものだった。ペンションに集まった役者たちの前に、『これから　ひとが　きえていく』という謎の予告状が出現し、わたしと柏崎オーナーが消えてしまう。残された役者たちでペンションを捜索すると、あかずの間には少女の遺影と遺骨があって……とかいう設定だ」

「なんだかゲームっぽいですね」

　僕は正直に告げた。

「そう。ただのゲームだ。ごっこ遊びだ。今から思えばつまらない内容だった。しかし、あの雪がすべてを塗り替えた。雪のおかげでわたしは、より完璧な設定を、より本物らしい舞台を作ることができた。急拵え（きゅうごしら）えだったから、不自然な部分はたくさんあったがね」

「『殺人予告状』のことですか」

「あれは不要になったので、さっさと回収する予定だったのだが、その前に見つかってしまった。まあ諸君らはあれを勝手に『殺人予告状』と解釈してくれたからいいとして、最悪なのはあかずの間だよ。あの設定は本当にいらなくなってしまった。だがそれでも、すばらしいものに仕上がったという自負はあるよ。実際、きみはこれを本当の事件と思いこみ、じつに愉快な動きを見せてくれた」

「………」

「ところできみは人が消えたら、すぐに死んだと思うのはなぜ？　興味深い事例だね。きみはいつも死のそばにいるようだね」

　ぶらぶら。

ぶらぶら。

首を吊った死体が回っている。

「『白い山荘』が途中までしか書かれていなかった理由は？」

幻影を消そうとして、僕は話をもどした。

「すべて演出だよ……という説明で納得できなければ、このように言い直そう。雪が降ろうと降るまいと、はじめからあの脚本を重要視するつもりはなかった。諸君らの演技レベルはたいしたことがないから、なにも期待していなかった」

「はっきり言われて、むしろすっきりしました」

「そうか。では帰ってくれ」

「あと一つ聞いたら帰りますよ。俺が本当に知りたいのは、『合格の条件』です。『外』の存在に気づいた者を合格させるっていう『合格の条件』が、俺にはぜんぜんわかりません」

「だから、きみだけが落ちたのだよ」

「え？」

「きみはさきほど、合格者のそばに偶然いた者まで合格させるのはアンフェアだと言ったね。とんでもない。合格させたのは、わたしの提示した『合格の条件』に気づいた者だけだよ。つまり、きみ以外の全員が、『合格の条件』に適合したのだ。なにも気づかなかったきみだけが落ちたのだ」

「俺だけが……」

「久保氏が協力者であることまでは、だれでもかんたんに推理できる。きみもそこには到達した。しかし大切なのはその先だ。きみ以外の役者は、久保氏にこのようなことばを言って、合格の切符をもらった」

「『自分もこの舞台を作る協力をしたい』とね」


ああ。

これはなんだろう。

考えるより先に、理解のかたまりのようなものが頭に叩きつけられた。

衝撃というよりも動揺に近いものが全身を駆け回り、倒れそうになる。

ぐらぐら揺れる視線で役者たちを見てみると、彼らはおなじような目つきをしていた。

仲間。

彼らは仲間なのだ。

僕はそこにいないのだ。

雪のペンションで発生した連続消失事件。という舞台設定と、そのしかけに気づきつつも、笑ったり壊したりすることなく、否定とか拒絶とか、飛翔(ひしょう)とか更新とか、そうしたことは考えず、ただひたすらに鉄砲塚真太郎が作る舞台の一部でありたい。

歯車の一つでありたい。

鉄砲塚真太郎はそのようなことを思ってくれる者とそうでない者を分類するため、ペンションに巨大な振り分け装置を作った。

そして僕はみごと、『不要』と書かれたカゴに落ちた。

自分だけの演技。

自分だけの輝き。

そういうものを信じている僕はだからこそ、鉄砲塚真太郎の求めるものに気づけなかった。

「くだらない」

気づけば僕は……そう言っていた。

「あなたに求める世界があるなら、勝手に探究していればいい。そこに文句はありません。でも、だからって、こんな大げさなことをやって役者をふるいにかけるのはちがうと思うし、くだらないと思います。こんなやりかたには乗れません」

「きみは乗らなかったし、わたしも乗せなかった。ならいいじゃないか」

鉄砲塚真太郎は帽子をいじりつつ言った。少し飽きてきているようだった。

「俺はただ、あなたといっしょに仕事がしたかったのに。最高の演技をする自信があったのに……」

「『暗黒探偵　ザ・ライブミステリ』という舞台を作るにあたって、異物混入は避けねばならない。バンドが結成されるのは、おなじこころざしの持ち主が集まるから。バンドが解散するのは、こころざしがばらばらになったから。脚本家が作ったストーリーではなく、べつのストーリーを混ぜこむ可能性のある役者を使いたいと思うかい？　役者の中に異物がいてもやりにくいだけさ。きみにやりたいことが明確にあるのなら、勝手にやりなさい。一人舞台というのもあるよ」

「そんな。俺はただ、あなたと仕事をしたかっただけなのに」

「きみは二・五次元俳優の型にはまっていないし、むしろそこから離れようとしているように見えるがちがうかい？」

「業界に疑問を感じるときもありますが、でも……」

「ああわかった。きみは、役者という職業そのものを馬鹿にしているね」

「馬鹿にしている……俺が？」

「本気じゃないのだろうね。本気でいどまないことで距離を作り、逃げ道を作っているのさ。本気で戦って傷つくのが怖いかね？　負けるのが怖いかね？　わたしは怖いよ。傷つくのも負けるのもね。しかし、そのような場所に立っているからこそ、本気になれる。脚本家という仕事を命をかけてやれる。人がどんなに笑おうとね。まあ、ほかの仕事も似たようなものだ。スポーツ選手だって、よく考えてみれば走ったり球を投げたりしているだけで、ちっとも偉くない。画家もミュージシャンも、趣味で金を稼いでいるだけと言われたらそれまでだ。役者もしかり。しょせんは水商売。だからこそ、役者が役者を笑ってはいけない」

「…………」

「なのに、予防線ばかり張っているきみはなんだ？　そんな人生でいいのか？　大きなことを成し遂げられるのか？」

途中から、僕はなにも聞いてはいなかった。当然だ。こんなやつと本気で会話しても、いらいらするだけ。なにも耳に入れてやる必要はない。真剣にやるだけ時間のむだだ。

僕の心を傷つけるだけだ。

本気で会話しない？

真剣にやるだけむだ？

心を傷つけるだけ？

なんだろう。

クソみたいなことばかり思っている気がする。

僕自身がクソであることの表明なのだとすれば、それは、それは。

17

「ムギ君」

ビルから出たところで、水口に呼びとめられた。

　僕はふり返り、水口はこちらをまっすぐ見ているが、どちらも沈黙している。なにを言うべきかわからなかった。あるいは言うべきことなんてなかったのかもしれない。

「散歩しようか」

　水口の提案に乗って、夜の渋谷を歩く。渋谷と聞けば大都会というイメージがあるが、少し外れただけでひとけはなくなる。ネオンも喧噪も消えた住宅街には小さな公園があった。僕たちは狭い敷地内にむりやり作られたようなベンチにならんで腰かけた。夜の冷たい空気が残酷なほど心地よかった。

「なんでスタンス、変えたんだよ」

　長い沈黙のあと、気づけば僕はそのようなことを言っていた。

　やぶれかぶれになっているのだなと思った。

「僕は変えたつもりはないけど……」

「以前までのお前なら、鉄砲塚さんのたくらみに気づいたら絶対に乗らなかった。なのに今は、自分からすすんで歯車になろうとしてるじゃないか」

「そうしないとオーディションに合格しなかったんだよ？　合格しなかったら舞台に立てないし、舞台に立てなきゃ役者でいられない」

「今回だけじゃない。最近はわかりやすい演技ばかりやって。どういうつもりだ」

「ムギ君……どうしたの？」

「昔のお前のほうが才能あったよ。すごい演技だったよ。絶対に勝てっこないって思った。なのに最近は、おとなしいじゃないか。みんなは評価しているようだけど、俺はちっともおもしろくない」

「僕のことを、ずっとそんなふうに見ていたんだね」

隣に座る水口の気配がさっと変化するのを感じた。

怒っているのか悲しんでいるのか、まるでべつの感情が呼び覚まされたのかまではわからないが、僕は動じなかった。悪役になっているとしてもかまわないと思い、むしろ悪役らしいセリフをくり返した。

「お前は悪魔に魂を売ったんだ」

「悪魔？　魂？」

「だってそうじゃないか、昔のお前は、なんていうか、可能性の道が何本ものびていたのに、今は一本の道だけ選んで、あとは全部つぶしただろ」

「なんだいその、一本の道って」

「売れっ子役者への道」

「売れっ子役者……」

「日本で一番有名な役者になる。お前はそのためだけに生きてるように見える」

「役者なんて、みんなそうじゃない？」

もちろん僕だって有名にはなりたいが、そのためだけに舞台に立っているつもりはない。『俺は安っぽい仕事しないぜ！』とか、『俺は金のために役者をやってるんじゃないぜ！』とかに代表される、熱くて、寒くて、香ばしい要素が、僕には自分でもげんなりするほど多くあった。地位や名誉や金を手に入れるのではなく、美しい場所に立ちたかった。自分だけの居場所を見つけたかった。

そういうものから手を引き、日本で一番有名な役者になるためだけに生きているのだとすれば、水口はやはり、悪魔に魂を売ったのだ。

水口の才能にだれよりも早く気づいたのは僕だった。ただひたすら自分の才能を見せつけるだけの演技は、客席からも同業者からも評判は最悪だったが、僕は、僕だけは、そんな水口を評価していた。舞台上で動き、舞い、叫ぶ水口は、発狂のよろこびに満ちていた。

あのころの演技を、僕は生涯忘れない。

自分の魂をみがくことだけに集中していた水口が、僕は大好きだった。

それなのに、

「お前、スタンス変えたよな？　そうじゃなきゃ、演技がこんなに変わるはずない」

「きみがどう思うのかは勝手だけど、僕は真剣に仕事をしているよ。それにやっぱり評価されなくちゃ、役者をつづけるのはむずかしい。収容人数二十人の小劇場を満席にしたところで、僕の心は晴れない」

「そうかい。本音が聞けてよかった」

「ムギ君こそ、なにしてるのさ」

「あ？」

「ムギ君はどうして広げようとしないの？　どうしてみんなが理解できるような演技をしないの？」

「今日は俺たち、本音の日だな」

「冗談言わないで答えて。ねえムギ君、このままでいいの？　いいわけないよね。だってきみ、このままだと……」


「消えるよ」


「わかってる！」

僕の大声が夜の公園に消えるまで、しばらくの時間がかかった。

「わかってる……。でも、俺には俺の大事な場所があって、壊したくない綺麗な場所があって、それを守りたいんだよ」

「まるで僕が、もうよごれてしまったみたいな言いかただね」

水口は力のない笑い声を発した。

「お前は王子さまだ。きらきらして、すごいもんだよ。でも同時に、見ていられない。なんか、痛々しくて」

「ムギ君のほうが痛々しい。あがいて、迷って、それで結局やられて」

「なんだと」

「鉄砲塚さんが言うように、きみは逃げている。役者をつづけるってことは、売れつづけるってことだよ。もちろん、わかるお客さんだけにわかってもらえればいいってタイプの芝居もあるけど、でもそういう贅沢なことをやってる役者は総じて、売れた経験のある人たちだよ。なにも手にしたことがない役者は、その領域に行けない」

「つまらない売れかたをして、どこにでもいるような役者になろうとしてるやつに、そんなこと言われたくないけどな。お前は才能あるんだよ。俺、お前の演技が本当にすごいって思ってたんだよ。なのにこのままだと、ふつうの売れっ子になって終わりだぞ。さっきの話じゃないけど、テレビに出て映画に出て終わりだぞ。お前はもっと……すごいところに行けるのに」

「なんだか僕たち、誉め合ってるのか貶し合ってるのかよくわからないね」

「まったくだ」

「でも、スタンスはちがうらしい。僕は今のムギ君を評価できないし、このまま泥沼にはまって終わると思ってる」

「お前こそ終わりだ。才能を食いつぶして平凡な役者になって終わりだ」

「僕は売れなくちゃならない。輝かなくちゃならない。今ある若さを、時間を、むだにしたくない」

「俺だって」

「それはどうかな。僕にはムギ君の未来が見えるよ。ぱっとしないマイナーな役者をつづけて、四十代くらいになって、『あ、やっぱ売れなきゃ』とかあわてて思い直すけど、そのときにはもう間に合わないんだ。あいにく僕は、そんなことをやっている時間が惜しい」

水口はベンチから立ち上がり、僕に背をむけた。

「だまれよ……」

僕も立ち上がり、水口の肩に手をのばそうとすると、それを乱雑に払われる。

このやろう。かっとなった。

「時間がないんだ」

水口がふり返る。

真剣な表情だった。

「ムギ君、悪いけどね、僕は稽古にもどるよ。本気になれない人間と話しているひまはない。こんどの舞台も大成功させなくちゃならないからね。きみは自分のことだけ守っていればいいさ」

「水口！」

僕は水口の前に回りこむと、腹に拳をめりこませた。

人を本気でなぐるのは生まれてはじめてだった。

水口はよろけたがすぐに間合いを取り、僕につかみかかってきた。

どちらが先に足払いをかけたのかはわからないが僕たちは地面に倒れ、馬鹿な犬のように絡み合い、なぐり合う。僕たちは手加減なしで攻撃をくり返したけど、どちらもたがいの顔をなぐらなかった。

18

新たな年がやってきた。

あけましておめでとうございます。

当たり前のようにお年玉をもらったが、来年からはもらう資格がないような気がした。

この春、高校を卒業すれば、僕は社会人になるのだ。

僕はだれにも告げることなく、そっと『暗黒探偵　ザ・ライブミステリ』を観劇した。

舞台はいやになるくらい最高だった。

鉄砲塚真太郎の脚本は完璧で、その歯車となって動く役者たちもまた完璧。主役の水口は、探偵であり犯人であり被害者であり加害者でもあるという複雑な役をみごとにこなし、今日も舞台の上でだれよりも輝いていた。嫉妬という感情が消えていることに気づき、僕は混じりっけのない拍手を彼と彼らにあたえた。

舞台が終わってホールを出ると、裏口のまわりには関係者が集まっていた。

役者の卵。事務所のお偉いさん。ライター。自称ライター。そんな連中が背中を叩き合いながら、舞台の成功を祝っている。その輪に入ることのできない僕は、遠巻きに見つめるだけ。いつもであればむなしい気分になってくさくさしたが、それもなかった。僕の感情はぞっとするほど欠落していた。

自動販売機でコーラを買い、まだ寒い町を歩く。日常生活。そんなことばが不意にやってきた。僕はこの日常をすっかり受け入れていた。怒りも悲しみもない。くやしさもない。当然のことだ。だれかが難関大学に合格したり、だれかが株で十億円もうけたり、だれかが金メダルをとったりしたからといって、いちいち感情を持つほうがどうかしている。僕の日常生活と関係のないところで他人が成功しようと、それはそれ。僕の心は動かない。

もういい。

もういい。

もういい。

もういいのだ。

こんなふうに斜にかまえて、あらゆることを受け流して、なにもかもを馬鹿にして、冒険心から遠ざかっても、僕はやはり傷つかない。日常生活は完成された。僕はそこから出るつもりはないし、むしろより完璧を求めた。さらに無敵の状態になろうとした。

そんなわけで僕は、役者をやめることにした。

第三幕
観ると死ぬ舞台

1

「我はまだ満足せぬ！　この世界の中心に立つまでは！」

光のシャワーを浴びた水口（みずぐち）は、観客を陶然とさせる効能をはらんでいた。ぴんとのびた指の角度も、飛びちる汗も、計算されたように完璧だった。主役はあきらかに水口で、ほかの役者はそれを引き立てるだけだった。

「これをもちまして、本日の公演はすべて終了しました。お帰りの際は……」

アナウンスが流れ、ゲネプロの終わりを告げた。たくさんの関係者といっしょに、僕も会場をあとにする。外は春の空気であふれていて、花粉症になりかけの鼻が、ぐずぐずと苦しさを訴えた。

ゲネプロを観て確信する。

『舞台版　ヴァンパイア・ドライブ』は、水口弘樹（ひろき）の人気を決定づけるものになるだろう。

前回の舞台である『暗黒探偵　ザ・ライブミステリ』で、むずかしい役をこなした水口は、一皮むけたらしい。芝居に説得力が増していた。実際、年明けあたりから水口の仕事は爆発的に増え、あちこちの舞台に出演しているし、テレビにも出て、二・五次元舞台のファンだという女性タレントとトークをこなしていた。水口は舞台の上でもテレビの中でも、いつだってきらきらしていた。

季節は流れ、四月になった。

明日から、『舞台版　ヴァンパイア・ドライブ』の公演がはじまる。

大人気少年漫画を原作とするこの舞台は、主役が水口で、脚本は鉄砲塚真太郎だった。『暗黒探偵　ザ・ライブミステリ』の成功によって、二・五次元の業界でも名が知られるようになったとはいえ、少年誌連載の原作を、アクの強い鉄砲塚脚本でうまくやれるのかと心配の声もあったが、フタを開けてみれば杞憂にすぎなかった。ゲネプロを観たかぎり不自然なシーンはなく、少年漫画の王道的スタイルと、鉄砲塚真太郎の個性がうまく嚙み合っていて、水口はそんな脚本をみごとにこなしていた。みんなそれぞれ折り合いをつけて、うまくやっているようだった。

この舞台が成功すれば、水口はスターになるだろう。

でも、それがなんだというのか。

僕の日常生活は、そんなものでは壊れない。

水口がどんなに出世しようが、日本で一番有名な役者になろうが、僕とは関係ない。

僕はもう、役者をやめたのだから。

事務所の籍はまだ抜いていないが、しばらくオーディションにも稽古にも参加していないので、ほとんどやめたようなものだ。マネージャーの三上さんから電話がかかってくるが無視している。契約も無視すれば、勝手に破棄されるだろう。

僕はもう一般人。これからはただの観客として二・五次元舞台をたしなみ……いや、そうじゃない。僕はもともと二・五次元舞台なんて好きではない。好きではない。

2

無職。

この春から、僕に新しくつけられた称号はなんとも肩身が狭く、このまま家に帰るのは気が重かった。

というわけでひさしぶりに、鹿間（しかま）に会うことにした。

屋敷に着くと、塀を乗り越えて庭に入り、離れの扉を開けた。今日も鍵はかかっていない。

「俺だ。入るぞ」

昔からの礼儀として、声をかけてから二階に上がる。

引き戸を開けると、すぐ前に鹿間が立っていて、僕はおどろいてしまう。

「ムギ君、今までなにをしていたの。連絡もよこさないで」

鹿間は言った。

「連絡もなにも、お前は電話を持ってないだろ。それに年末に会ったばかりじゃないかよ。最近だろ」

「最近？　きみは四ヵ月も前のことを、最近というの？」

「恋人にならともかく、お前にそんな理由で怒られたくない」

「ムギ君、恋人いるの？」

「っていうか、なんの話だよ。落ちつけよ鹿間。どうしたんだ」

「きみ、オーディションを受けていないでしょう。稽古もしていないし、一日中だらだらすごしているね」

「なんでそんなことがわかるんだ」

「髪がのびてきている。猫背になっている。筋肉が落ちている。表情に張りがない」

「ホームズじゃあるまいし、それだけの情報で推理されてもこまるな」

「じゃあ、オーディション受けているの？」

「いやそれは……」

「僕はね、きみがちょっと心配なのだ。鉄砲塚氏のことがあってから、様子がおかしいよ」

「役者をやめたんだ」

　今まで告白できなかったことばが、するっと口から抜け出るように言えた。

　鹿間はまるで自分が傷ついたような表情で、「まあすわりなよ」と言って、コタツにうながした。

鹿間がお茶を淹れているあいだ、僕はその背後に広がる大きな本棚に目をやった。

壁を隠すように置かれた本棚には、古典もシナリオも写真集も、さらにはゲームの攻略本まで詰めこまれていた。雑多な本棚。これこそが、鹿間の主張であり個性。鹿間はどのようなジャンルも差別せず、まっすぐな気持ちで楽しむ才能を持っていた。

才能か。

僕にはないものだ。

「話、聞くけど。きみが聞いてほしいなら」

鹿間は茶を差し出した。

「べつに話すほどのことじゃないよ。役者の仕事が合わなかった。だからやめる。それだけだ」

「やめてどうするの」

「まだなにも決めてないけど、とりあえずバイトやらなくちゃな。無職だから。お前みたいにひきこもりになるわけにはいかないから」

「役者をやめてほかになにをするわけ」

「知るもんかよ。とにかく俺は、うんざりしてるんだ」

「役者に？」

「自分に、かな」

オーディションには受からず、二・五次元舞台を好きにもなれず、出世する他人たちを受け入れることもできない自分に、うんざりしていた。役者をつづけたところで、僕は僕を成長させることができない。それならさっさとやめてしまえばいい。日常生活に埋もれてしまえばいい。

　鹿間はしばらく僕を見つめていたが、ほんのわずかに表情をやわらげて、「それならよかった」と言った。

「よかったって、どういうことだよ」

「トカトントンではなさそうだからさ」

「なにそれ」

「知らないかい。たしかここらへんに……」

　鹿間は本棚に手をのばそうとする。

「いや、教えてくれなくていい。今の俺は、なんにも興味がないから」

「ああそういえば、おもしろいものをみつけたよ」

「だから興味ないって……」

「劇団水曜日」

　は？

　こいつは今、なんと言った。

「先日、とある資料を入手してね。そこには劇団水曜日にかんする新情報が書かれていた。一見の価値ありさ」

背筋が寒くなる。
心臓が跳ね上がる。
劇団水曜日。
僕の兄を、殺した劇団。

3

劇団水曜日　四月公演
『猫の首』
作・葛原述辺男
演出・御厨健
美術・武井良彦
音楽・塚田錠儀
二十世紀最高のパフォーマンスで贈る怨念の実験舞台。『地獄の虚構』か『虚構の地獄』か。観た者は死ぬ詩的喜劇！

はじめて見たポスターだったが、これだけなら、べつにおどろくことはなかった。劇団水曜日についてのあらゆる情報が、僕の頭に詰まっている。各公演の構成人数。演目と内容。この劇団がどのようにはじまり、どのように終わったのか……。そのすべてを知っている僕には、主要メンバーの名前も、『猫の首』という呪われた演目も、おなじみのものだった。だけど今回、そこには新情報があった。

公演会員募集
申込先　東京都新宿区富久町4丁目5―46　葛原述辺男マデ御一報

「住所がある……。このポスターを、どこで」

僕はなんとかそれをたずねた。

「オークションサイトだよ。ひきこもりの僕が、実際の店に行けるわけがないからね」

「ああそう……」

「ムギ君、反応が薄いよ。もっとよろこんでくれると思ったのに」

「いや、びっくりしすぎて、うまくリアクションがとれないんだ」

「これで『猫の首』にかんする調査が進展するだろうね。解決するかもしれない」

「解決？」

「きみが長年こだわっていた謎が、解決するかもしれない」

『観ると死ぬ舞台』

これが『猫の首』について回るキャッチコピーだが、実際に死者が出ていて、そのうちの一人は僕の兄だった。

僕は兄といっしょに、今のところ最後に上演された『猫の首』を観た。

そして兄だけが死んだ。

ぶらぶら。

ぶらぶら。

死体の映像がよみがえりそうになる。起きたまま見る悪夢ほど、人をぞっとさせるものはない。僕は自分の頭を叩いた。

「ムギ君……」

「ん？ ああ問題ないよ。ちょっと調子が悪くなっただけだ。叩けば治るさ。昔のテレビみたいなもんだ」

「大丈夫かい？」

「それより鹿間、このポスターはずいぶん前のものみたいだけど、葛原述辺男が今もここに書かれた住所に住んでるとはかぎらないんじゃないのか」

「下見はしておいたよ」

「下見って、お前が？」

「ネットのマップで」

「ああそう」

「確認したところ、一軒家があった。葛原氏が現在もそこに住んでいる可能性は高い。まあ、生きていればだけどね」

「そこにかんしては、日本人男性の平均寿命に期待するしかないな」

葛原述辺男は今年で五十歳になる。

もし生きていれば、もし会うことができれば、本人の口から直接聞くことができるのだ。

『猫の首』のことを。

兄を殺した舞台のことを。

「ねえムギ君、ねんのために聞くけども、きみは葛原氏と会いたい？」

「あたりまえだろ。そしてタイミングのいいことに、今の俺は無職。すぐにでも会いに行きたいくらいだ」

「それなら、ビビ先輩に同行してもらうといい」

「は？　なんで」

「きみ一人だけで葛原氏のもとにむかわせるのは、ちょっとばかり不安だから」

「どういう意味だよ」

「こんなときこそ、ビビ先輩が必要なのさ」

本当にそうだろうか。ビビ先輩は壊れているし、役者を挫折した経歴があるし、なにより兄の親友なのだから、兄を間接的に殺した葛原述辺男には、僕とおなじくらいに屈折した思いを持っていたとしてもおかしくない。僕にはとても、ビビ先輩が必要とは思えなかった。

というわけで、メールを送るふりをする。

「よし、ビビ先輩に連絡ついた。葛原述辺男の家には、明日いっしょに行くことになったよ」

「本当だろうね？」

いぶかしそうな目でこちらを見てくる鹿間に、「じゃ、また連絡するから」と言い、僕は離れから立ち去った。

4

翌日の午後一時。僕は新宿にやってきた。

もちろん一人で。

ポスターに書かれた住所は、最寄駅が曙橋(あけぼのばし)駅で、新宿駅で降りた僕は、ずいぶんと歩かなければならなかった。ビル風を浴びながらすすんでいると、町の雰囲気が変わったことに気づく。近代的な建物が消えて、かといって住宅街というほどでもない、奇妙なバランスで構成された一画があった。スマートフォンで位置情報をチェック。次の角を右折した先に、葛原述辺男の家があるようだ。

　到着。

　よくあるタイプの一軒家だったので、安心するとともに拍子抜けした。庭におかしな石像が置かれていたり、玄関先にカラスの死骸がならんでいたりすることもなかったし、表札には『葛原』と律儀に書かれていて、カメラつきのインターフォンもあった。僕はほとんどなにも考えずに呼び出しボタンを押した。

「どちらさま？」

　スピーカーから声が響いた。

　くぐもった男の声。

　心臓が痛いくらい跳ね上がる。

　不安と緊張が急激に上昇する。

　僕はやはり、ほとんどなにも考えずに口を開いた。

「あ、あの、劇団水曜日の葛原述辺男さんのお宅でしょうか。ええとその、昔のポスターで住所を見てうかがいました。葛原さんからお話を聞きたくて……」

　一分間ほど待っていると、玄関ドアが開かれた。

　その顔は老けこんではいたが、まぎれもなく葛原述辺男。

　写真でなんども見た顔が、すぐそばに。

　頭の血管がどくどくうるさい。

兄の幻影がぶらぶらうるさい。

「ずいぶん若いお客だな。本当にわたしのファンなのか？」

ドアの隙間からのぞきこむようにして、葛原述辺男がこちらを見た。

ファンと言ったおぼえはないが、「はい」と答えておく。

「葛原さんから、ぜひお話をうかがいたいと思いまして。ご迷惑かとは思いますが」

「不意の来客をストレスに感じるほど有名ではないよ。きみ、名前は？」

「あ、はい。麦倉といいます」

「ムギクラ？」

「麦の倉と書いて麦倉です」

一瞬の間があった。それは葛原述辺男が息を呑む時間だった。

「まさか……あの麦倉か？」

「麦倉匠は、俺の兄です」

言ってしまってから、それを明かすのはまだ早かったのではと思ったが、もう遅い。

葛原述辺男が変調する。

顔は青ざめ、唇はわかりやすいほど震えはじめた。

「か、帰ってくれ！」

「まってください。俺は話を……」

「話すことなんてない。わたしはなにも知らない！」

「ちがうんです。あなたを糾弾しにきたんじゃありません。話を聞きにきただけです」

「『猫の首』の話を聞きたいんだろ。『観ると死ぬ舞台』のことを！　わたしはなにも知らない。脚本を書いただけだ。そんな都市伝説まがいのこととは関係ない。帰ってくれ！」

「俺の兄は、あなたの舞台を観て死んだんですよ」

「それがなんだ。帰らなければ警察を呼ぶぞ……」

葛原述辺男が玄関から顔を出す。

「うはははは」

どこからともなく高笑いが響いた。

と思った次の瞬間、葛原述辺男がうめき声を上げた。

よく見ると、首に細いロープが巻きついている。

テレビで観たカツオの一本釣りよろしく、ものすごい力で引っぱり上げられた葛原述辺男は、急激な窒息の苦しみに襲われて、とうとう気をうしなった。

「うははは。見たかいムギ君。僕の機転に感謝せよなのだ！」

黒マントの男。

どうしてあんなところにいるのかは知らないが、葛原邸の屋根に立つビビ先輩が、つりざおを操作しながら絶好調の笑みを浮かべていた。僕はものすごくうんざりした。

「なにしてるんですか……」

「なにって、あれ？　探偵だろ。今日は二人で探偵をするんだろ。さあムギ君、僕が活路を開いてやった。家主が気絶しているあいだに、中に入ってしまおう！　ここで一気に解決編！」

　鹿間の言うとおり、たしかにビビ先輩は必要だったのかもしれない。

　でも僕は、こんなかたちの物語を欲しているわけじゃない。

5

　葛原述辺男の家は、手入れが行きとどいていた。リビングはほどよく片づけられ、調度品も趣味がよく、大手家具量販店で適当に買ったようなものはなかった。とはいえ全体的に古びていて、家自体が疲れているようにも見えた。

「それでビビ先輩は、なんでここにいるんですか」

「シカちゃんから聞いたので」

　ちなみにシカちゃんとは鹿間のこと。

　僕の猿芝居は見抜かれていたわけだ。

　黒マント姿のビビ先輩は、緑茶と干菓子をキッチンから勝手に持ってきて、絶好調の笑顔のまま、ぼりぼり食べていた。これも後輩の義務だと思い、あやしすぎる服装の理由を聞くと、「だって探偵だもの」とのこと。どう見ても、探偵というよりは怪盗だが、これでもビビ先輩は二十五歳で、社会人だった。こんな人間でも社会人になれることに、僕は少し安堵した。

ソファに寝かせた葛原述辺男が目覚める気配はない。

ビビ先輩は緑茶をすすりながら聞いた。

「ところでムギ君、この男はだれなんだ？」

「葛原述辺男ですよ。劇団水曜日の脚本家」

「生気の抜けた顔をしてるね」

「ビビ先輩が殺しかけたからでしょう。今回のこと、鹿間から聞かされてないんですか？」

「探偵するんでしょ探偵。わくわく！」

「じゃなくて、葛原述辺男や劇団水曜日のことですよ」

「シカちゃんからはとくになにも聞いてないけど、そういえば匠が、そんな話をしていた気がする」

「兄貴が？」

「でもわすれた。僕はね、なんでもわすれてしまうのだ！」

「いばることじゃないでしょう」

「というわけで、こいつが起きるまで、僕に説明をしなさい。劇団水曜日ってなに？」

といっても、あまり話すことはない。劇団水曜日は過去のものだし、マイナーな演劇集団にすぎなかった。演劇マニアでも知るものは少ないだろう。

一九八〇年代末のとある水曜日。都内の芸術学校にかよう学生たちが、劇団水曜日を創設した。主要メンバーは葛原述辺男。御厨健。武井良彦の三人。昭和と平成のはざまという微妙な季節を、劇団水曜日は駆け抜けた。歩道橋の上。町の交差点。神社の脇。国会議事堂の前。あらゆる場所を即席の舞台にするため、警察沙汰になったこともあり、そうした活動を嫌悪する人もいれば、賞賛する人もいた。

「劇団水曜日は人気が出るのにともなって、作品を次々と発表しました。『時計喰い』『アポリネールの罠』『贋作・義経千本桜』『パックパック42』『箱のひと』……。葛原述辺男はわずか二年で、八作も脚本を書いたそうです」

「ムギ君はそれを観たの？」

「二十年以上も前の話ですよ。それと劇団水曜日は、記録映像を残さない主義でした」

「なんで」

「アングラだからじゃないですか」

「うむぜんぜんわからん」

「そして『猫の首』が上演されます」

だがそれは、公演開始から一週間もしないうちに中止となる。

死者が出たのだ。

それもたくさん。

初日の舞台を観て帰宅したところ、口から泡を噴いて死んだ観客を発端として、翌日におこなわれた二日目の公演では、やはり観劇後に帰宅中だった観客がトラックにひかれて死亡し、その翌日の公演三日目が決定打となった。

なんと上演中に死んでしまったのだ。

観客はすぐさま病院にはこばれたが、すでに心肺停止。マスコミがそれをかぎつけ、『観ると死ぬ舞台』という謳い文句もあって、テレビカメラが葛原述辺男のもとに押し寄せた。目立つことが大好きな劇団水曜日なら、むしろチャンスとばかりに宣伝するはずだが、葛原述辺男が選んだのは沈黙で、『猫の首』は封印された。

封印されたのはそれだけではなかった。

劇団水曜日は解散してしまうのだ。

「大さわぎするのとおなじくらい、沈黙も伝説を作る手助けになります。こうして劇団水曜日は、知る人ぞ知る劇団となりました」

「それじゃあ、きみはどうやって、その『猫の首』を観たわけ？」

「再演するんですよ」

三年前の水曜日。劇団創設二十五周年を記念して『猫の首』を再演すると、当時演出を担当していた御厨健がネット上でいきなり宣言した。

週末は舞台をいくつもはしごして、古い舞台のパンフレットをかき集めて、ひそかに脚本も書くほどの演劇かぶれだった兄は、劇団水曜日の伝説にすっかりやられていて、『猫の首』再演を知って歓喜した。

こうして僕たちは『猫の首』を観て、兄だけが死んだ。

6

「……悪いが、わたしは本当になにも知らないんだ。三年前の創設記念公演にも関与していない。あれは御厨が勝手にやったものだ。わたしはネットもしないので、『猫の首』が再演されたことも、しばらく知らなかったくらいだよ」

痛むのか、意識を取りもどした葛原述辺男は首をさすりつつ言った。

それは語るというより、弁明に近いものだった。

自分の作品への弁明。

自分の罪への弁明。

僕は、そんなものを聞きたいわけじゃない。

「教えてください。『猫の首』とは、いったいなんですか」

「インタビューみたいだな。あれの原型を書いたのは高校時代だ。出来がいいとは思っていなかったが、当時は新作をすぐに出さねばならなくてね。昔のネタを引っぱり出して、手直ししたのさ。きみは……観たのだね？」

「はい。三年前の再演を」

「感想はあるかな」

「三年前は十五歳だったから、ちょっとむずかしくて……」

　正直言って、なにがすごいのかわからなかった。

『猫の首』という、観た者は死ぬといわれる脚本を手に入れた劇団員たちが、舞台の上でそれを演じるという、ある種のメタ構造を使っているのはわかったが、理解できたのはそれだけだった。十五歳のガキが観ても、さっぱりわからないシロモノだったのだろう。十八歳の今だってあやしい気がする。

　しどろもどろな反応をする僕を制して、「いいよ」と葛原述辺男は低い声で言った。

「現役時代ならともかく、今は引退した身だ。なにを思われようと、なにも思われなかろうと、かまわないさ。ところできみは、演劇関係の道にすすみたいのかな？」

「あなたが本を書くのをやめたのは、『猫の首』が原因ですか？」

　僕はいろいろなことをごまかすために、質問を質問で返した。

「まあそうなる」

　葛原述辺男はうなずいた。

「その、おいしいとは思わなかったんですか。せっかく炎上商法ができたのに」

　思いきってたずねる。

過激で知られる劇団水曜日が、『観ると死ぬ舞台』という巨大な火種を手に入れたのなら、それを使って火をつけて回るのが、とるべきスタンスではないか。昔からそこが疑問だった。

「劇団を解散させる直前、御厨にも似たようなことを言われたよ。『せっかく人が死んだのだから、それを有効に使わにゃ』とね。わたしも最初はそう考えていた。これをネタに稼ごうとは思ったさ。だがね、手紙がきたんだ」

「手紙？」

「亡くなった観客の、ご遺族からだ。『どうか舞台を中止してください』と、その観客の娘さんから手紙をいただいてね。小学生だった。幼い文字だったよ。わたしにはちょうどそのとき、おなじくらいの娘がいた」

「結婚されているのですね」

「今は一人だがな」

葛原述辺男がリビングを見わたし、僕もそれにならう。そして気づく。この家は、手入れが行きとどいているのではなく、生活感がないのだ。ソファもテーブルもモデルハウスのように沈黙して、ただそこに存在しているだけだった。使われている気配が、いや、痕跡さえなかった。

「あの手紙を読んで、わたしの内部は変わってしまった……。と言ってみたが、本当にそれが理由なのかはわからない。劇団をはじめたころにはあった過激な刃が、鈍っただけかもしれない。作品を書きつづけることに疲れたのかもしれない。トカトントンかもしれない」

「トカトントン？」

「とにかくわたしは、手紙を読んで引退を決意した。演劇関係の連中とも縁を切った。今はタクシーの運転手をしているよ」

「御厨健はどうして、『猫の首』を再演したのでしょう」

「それはわからんが、御厨は最後まで、解散に抵抗していた」

「御厨健の連絡先をごぞんじですか？」

「すべてのアドレスは捨ててしまったからな。まあ再演以降、やつが活動しているという話は聞かない。わたしが知らないだけかもしれんが」

「『猫の首』には本当に……呪いの効果があると思いますか？」

「ふふっ。西條八十の気持ちがわかったよ」

「呪いの有無を、あなたの口から聞きたいんです」

「呪いなんてあるわけがないだろ。これがわたしの意見であり、世間の常識だ。ほかにことばはないよ。そう……ことばはない。こんなものでいいかな？」

話を打ち切ろうとしている。このままでは終わってしまう。ビビ先輩に援護射撃をしてもらおうと視線をむけたが、「このお菓子はおいしいですね！」などと言って干菓子を食べるばかりで役に立たない。

「また話が聞きたくなったら連絡をくれ」

葛原述辺男は今どきめずらしい電話台に移動して、やはり今どきめずらしい黒電話の横に置かれたメモ帳を持ってくると、電話番号を書きつけて僕にわたした。

「最後に……わたしからも質問させてくれないかな」

「なんですか」

「きみのお兄さんは、どんなふうに亡くなったんだ」

「自殺です」

もっとくわしく説明してやりたいが、声が出ない。口の中いっぱいに発泡スチロールを詰めこまれたように咽喉が渇く。頭の芯がぼうっとなる。思考がちらばる。そのせいか時間軸も揺らぎ、現在と過去が裏返り、あの日の光景が浮かび上がる。

兄の部屋。

ロープが。

ぶらぶら。

ロープがぶらぶら。脚がぶらぶら。ロープ。ぶらぶら。ロープ……。

「亡くなられたのは、いくつのときに」

葛原述辺男が質問をかさねてくる。

僕はそのことばを、それこそまさにロープのようにつかみ、なんとか現実にもどってくると、「二十二」と言った。声はかすれていた。

「二十二歳。ある意味では十代よりも多感な時期だ。きみのお兄さんは、わたしのことが好きだったのかな」

「信奉していました」

「きみには好きなものがある？」

「わかりません」

「それでいい。それがいい」

葛原述辺男は真顔だった。

僕たちは葛原邸を辞した。

ビビ先輩とならんで歩く。

「ムギ君」

「なんですか今さら」

「呪いなんて、あるわけないからね。匠は、そんなわけのわからない理由で死んだんじゃない」

「わかってますよそんなのは」

「匠は、死にたくて死んだのだ。死にたくないのに自殺するなんて、それこそ、わけがわからないもの」

「はあ……」

「じゃ、僕は仕事があるので。また探偵しようね。さらば！」

登場とおなじく退場も唐突だった。黒マントをなびかせて去っていく。まさかあの格好で仕事に行くのだろうか。ビビ先輩ならやりかねないと思った。

新宿でなんとなく時間をつぶし、夜になってから吉祥寺にもどる。

家の前に立つと、気が重くなるのを感じた。

急に役者をやめると言って、アルバイトも見つけずにふらふらしている僕のことを、両親はどう思っているだろう。自分で言うのもなんだけど、僕はずっと、いい子でやってきた。親をこまらせることはしなかった。なのに急にこんなことになって、がっかりしているにちがいない。兄が生きていれば……なんてことを思っているかもしれない。

僕は覚悟を決めて、玄関ドアに手をかけた。やれやれ、自分の家に帰るのに、いちいち覚悟を決めなくちゃならないなんてどうかしている。

そのとき、郵便受けから大きな封筒がはみ出しているのを見つけた。

封筒の宛先には僕の名前が書かれていて、中には『舞台版　ヴァンパイア・ドライブ』の脚本が入っていた。

それと手紙が。

麦倉さま。

今日、プリニウス役の小野寺（おのでら）君が、『舞台版　ヴァンパイア・ドライブ』の公演終了直後に骨折しました。明日の午前十時から、代役を決める緊急オーディションを事務所でおこないます。気がむいたらムギ君も参加してください。みんな心配しています。

久川より。

7

「原作にケチつける気はないけど、プリニウスが女装した魔法少女って設定はおかしいだろ。男の娘を舞台でリアルに出すのもどうかと思う。鉄砲塚さんはやっぱりなにもわかってない。こんなキャラを準主役にするなんてさ。個人的には、プリニウスは女の役者がやるべきだと思うな。ああでもそれだと、原作に忠実っていう、二・五次元舞台のルールに反しちゃうのか。っていうかそもそもプリニウスって、古代ローマの学者の名前だよな。なんでそんなところから名前を持ってきたんだ……」

コタツに入った鹿間は、『舞台版　ヴァンパイア・ドライブ』の脚本からようやく顔を上げると、「ふう、読み終わった」と言って息を吐いた。

「それでムギ君、小野寺氏だっけ？　初日にプリニウスを演じた役者は、どんな感じだったの」

「小野寺さんは声も高いし、顔も男にしてはかわいい」

「きみの顔もかわいいよムギ君」

「気持ち悪いな」

「きみがプリニウスを演じるのに、とくに問題はないということを言ったまでさ」

時刻は午前十時。

今まさに、『舞台版 ヴァンパイア・ドライブ』の緊急オーディションがはじまり、骨折した小野寺さんの代役が決められようとしていた。

僕はもちろん、オーディションには行かなかった。行くわけがなかった。だけど家でじっとしているのは、それはそれでつらいものがあり、気づけば『舞台版 ヴァンパイア・ドライブ』の脚本を持って、鹿間の離れにむかっていた。そして鹿間に脚本を押しつけると、不満を一方的にぶちまけた。鹿間は僕の話を聞きながら脚本に目をとおし、読み終えたところだった。

鹿間は脚本をコタツに置くと、「本自体は悪いものじゃあないね」と言った。

「原作でも一番人気のあるゴルゴタ編を舞台化するのだから、漫画のセリフを書き写しただけでもおもしろいところを、さらに鉄砲塚氏独自の解釈が、いい意味で文学的な情緒を作り上げている。たしかにプリニウスは出演シーンが多いし、役としてもむずかしいかもしれないけど、そこは役者の才能でカバーすべき問題さ」

「役者の才能ねえ」

「あ、そうだムギ君、今ここで、このシーンをやってくれないかな。セリフはね、『そんな馬鹿な。ボクの結界が決壊するなんて……。この世の終わりニャン！』」

「なにその羞恥プレイ」

「役者が恥ずかしがるんじゃあないよ」

「そういうのって、声優にプライベートで演技させるようなものだぞ」

「なにその羞恥プレイ」

「ほらみろ。俺だっていきなりここでやるのはいやだ。それにゲネプロを観た感想だけど、やっぱり正直、プリニウスはきびしいものがあった。女装だし。スカートだし。とくに語尾がきついよ。だってニャンだぞ、ニャン」

「ムギ君はさっきから、文句ばかりだね」

鹿間はノートパソコンを開いて、慣れた手つきで操作をはじめる。

そこには舞台初日の感想が表示されていた。


『水口君のアルカード可愛くてかっこいい。軽い気持ちで見にきたけど、沼に引きずりこまれた……』

『祈禱シーンにワロタｗ　水口くん以外はぶっちゃけ、練り込み不足。もうちょいがんばりましょう』

『席は後ろだったけど見やすかった。参戦してよかった〜！　アルカードすっごい迫力ありました』

『プリニウスはわかってたけど実際に見たら萎えるな。あそこはもう少し、なんとかならんものかね』

『もう初回からかなり沸騰しちゃいましたよー。水口さんの最後の挨拶でなんか号泣しちゃったｗｗ』

『最高でした。水口さんがよかったけど、みんなも最高！　長く続くコンテンツになってほしいなあ』


ゲネプロの仕上がりを観たかぎり、水口はたしかに完璧だ。主人公であるアルカードの魅力をじゅうぶんに引き出せているし、どうやら観客も満足しているようだ。でもやはり、しつこいようだが、おりこうさんな演技というのが僕の印象だ。

大切なのはキャラクターで、役者の個性はどうでもいいという意見はあるし、役者の自意識などゼロにすべきという演技論も根強く残っている。だけど僕が求めていたのは、アルカードを咀嚼したうえでの、水口自身のきらめきだった。

「やっぱりプリニウスは微妙だったな」

僕は水口への思いを悟られないように言った。

「でも水口氏の評価は決定的だね」

「俺はプリニウスの話をしてるんだ。こんな水口フィーバーの空気の中で、演じるのがむずかしいプリニウスなんて、やりにくいだろうな」

「たしかに今の水口氏は、フィーバー状態だ。舞台でヘマをやらかしても、観客はそれすらよろこぶだろうね」

「ヘマなんてしないさ。あいつはな」

「水口氏を信頼しているのだね」

「あいつのことはいいとして、不思議なのは鉄砲塚さんだよ。なんでこんなにプリニウスを活躍させる脚本にしたんだろう。鉄砲塚さんはやっぱり、外の人なのかもしれないな。二・五次元舞台のむずかしさを理解してないのかも……」

「『現実は正解』ということばを、とある落語家が言っていた」

「なんだそれ」

「のび悩む弟子にむかって、その師匠が言ったことばさ。本ならここにあるけど、読む？」

「いや、話してくれ」

「うまくいかないのを時代のせいにしたり、消費者のせいにしたり、うまくいってる人に嫉妬したり、その人の欠点をあげつらったりしたところで、自分をとりまく現実は変わらないという話を、その師匠が弟子にしてやるのさ」

「俺はべつに時代が悪いなんて思っちゃいないし、だれにも嫉妬してもいないぞ。っていうか、役者をやめたんだ。舞台がどうなろうと知ったことじゃない」

「ほう。あんなに脚本のだめ出しをして、プリニウスを演ずるむずかしさを批評したのに？」

「…………」

「本当ならムギ君は、こんなところで悪罵をならべている場合じゃあない。今やっているというオーディションに参加しなければならない。それをしないで、ここで文句を言っているのは、そのほうが楽だから。でもね、現実は正解だ。世界を呪ったり個人を攻撃したりしたところで、現実は変わらないよ」

「説教なら聞きたくない」

「そうじゃあないさ。きみがおなじところをぐるぐる回っているのを見ているのが、がまんならないのだ。僕は昔から、きみを評価しているからね」

「だったら、俺をほめたたえるブログでも作ってくれ」

「江戸時代の役者たちは、今のきみよりずっと不安な日々を送っていたよ。幕府から保護もされず、それどころか取り締まりの対象となっていたわけだから、観劇料だけで生活するしかない。言いわけするひまもなく、寝る間も惜しんで努力をかさねていただろう。当時は社会保障も組合もなかったし、役者の身分も低かったからね。きみ、江戸時代における役者の身分を知ってる？」

「さあ……」

「天保の改革のときに、『風紀を乱す』という理由で、役者たちの住処が移されるのだけど、役者はそのとき、『人』ではなく『匹』と数えられた。そのうえ、幕府の批判もゆるされず、劇を好きなようにも作れない。彼らはそんな逆境の中で、アバンギャルドな物語を書き、民衆はそれを観て喝采した。そして今や歌舞伎は、国がみとめる伝統芸能だ」

「お前は本当に、歌舞伎が好きなんだな」

「僕が好きなのはすべての舞台であり、すべての物語だよ。とはいえ歌舞伎は古く、マンネリは否めない……誤解しないでおくれよ。歌舞伎がマンネリなのは、それが様式だからさ。マンネリズムとは、マナーリズムのことだからね。歌舞伎には歌舞伎だけがすすめる道があり、ほかのジャンルにもまた、それだけがすすめる道がある」

「あいかわらず回りくどいな。つまりお前は、二・五次元舞台に可能性を見出してるんだろ？」

　僕が言うと、鹿間は小さく笑って、「さすがはムギ君、つき合いが長いだけのことはある」と肩をすくめた。

「そうさ。僕は二・五次元舞台がとても楽しみなのだ。歌舞伎にかぎらず、今までの歴史がつちかってきたものを、壊そうとしているからね」

「過大評価じゃないかな。そこまで複雑なことをやってないよ。変なだけだ」

「まさにそこだよ。『変』であることがミソなのだ。あらゆる演劇が今までうまく隠してきた『変』という感覚を、二・五次元舞台はあっさり表に出してしまった。大げさに言えば、パンドラの箱を開けた」

「たしかに大げさだな」

「日本人の役者がシェイクスピアをやったり、馬がいないのに乗ったふりをしたり、戦いの最中にいきなり歌い出したり、そうしたツッコミどころ満載の世界観を、演劇は長い時間をかけて違和感のないものに仕上げてきた。そういう様式なのだと、観客たちを教育してきた。だけど二・五次元舞台はそれらをすべて吹き飛ばして、『変』という感覚をふたたび観客のもとに返した。歌舞伎の始祖である出雲阿国が四条河原で舞ったとき、そこには様式もなければ形式もなかった。歴史的な裏づけもね。ナマの舞を観た人々は、興奮と、それより少しだけ多い恥ずかしさを感じただろう。なぜなら『変』だったから。だからきみのように、二・五次元舞台を穿った目で見るのは、ある意味では正解でもある」

「そりゃどうも」

「ムギ君をほめてるわけじゃあないよ」

「なんと言われても、俺はもう役者をやめたんだ。それと、今はいそがしいんだ。『猫の首』の謎を解かなくちゃならないんだから」

「そのことだけど、進展あった？」

「全然」

「ビビ先輩はなにか言っていた？」

「あいかわらずさ。まあ、呪いなんてあるわけないとは言ってたけど」

「さすがビビ先輩だ。そのとおりだ」

話すことがなくなったので、鹿間の本棚から適当な本をつまみ、それにも飽きたので離れを去った。とはいえ家にもどれる気分ではなかったので、家電量販店を意味もなくぶらついたり、デパートの屋上で弁当を食べたりして時間をつぶした。気づけば夕方になっていた。

葛原述辺男に電話しよう。

その考えがやってきたのは、十回や二十回ではなかった。だけど、なにを話せばいいのかわからなかった。まさか『猫の首』の呪いについて討論するわけにもいかないだろう。ビビ先輩が言うように、呪いなんて存在するわけがないのだから。

にもかかわらず、『猫の首』を観て、四人が死んだ。

兄もその中の一人ではあったが、自殺だった。自殺によってみずから命を絶った兄は、もしかして『猫の首』とは関係ないのだろうか。だとすれば、あのときの葛原述辺男の反応は奇妙だ。僕が麦倉と名乗った瞬間、葛原述辺男はあきらかに乱れた。錯乱といってもいいほどだった。なぜ葛原述辺男は、あれほどまでに大きな反応を見せたのだろう。

僕はなにか重大なものを見逃しているのか？

とりあえず、図書館に行ってみようと思った。図書館には、新聞記事の縮刷版がある。被害者の名前、死因、さらには意外な接点が出てくるかもしれない。もし見逃しているのなら、見つけてやればいいだけだ……。

スマートフォンが震えた。
見るとそれは一斉メールで、所属事務所の先輩が新たなプリニウス役に決まったという内容だった。
あっそう。
だからどうってだけ。

8

翌日。新たなプリニウス役に受かったばかりの澤辺さんが、脚をケガして降板することになり、『舞台版　ヴァンパイア・ドライブ』の公演中止が決定された。その発表があった数日後から、『猫の首』にまつわる噂が、ネット上に広がりはじめる。『猫の首』の脚本が出回っていて、プリニウス役を演じることになった役者たちは、それを読んでしまったのではないかというのだ。

こうして僕と『猫の首』は、いよいよ強固につながることになった。

9

①栗沢保（21）死因・不明
②図師忠勝（24）死因・交通事故死
③原田尚幹（27）死因・毒死
④麦倉匠（22）死因・自殺

「被害者の名前をよく見てくれ。『栗』とか『図』とか『幹』とか、みんな苗字と名前に、□があるだろ。劇団水曜日の舞台、『箱のひと』では、名前に□の入った人間を殺すシリアルキラーが登場する。犯人は、これにならって殺したんじゃないかな。あるいは、被害者の最初の文字に注目してほしいんだけど、それぞれ『く』『ず』『はら』に対応できるだろ。つまり被害者の名前を使って……」

「ひまなのだね」

図書館で丸一日かけてしらべた情報と、そこから導いた僕の推理を、鹿間はひとことで蹴散らした。

『舞台版　ヴァンパイア・ドライブ』の公演中止から、今日で五日が経過したが、新たなプリニウス役の目処も、公演再開がいつになるのかも未定のまま。

僕がやれることといえば、探偵のまねごとくらい。

「俺の捜査に文句あるなら、ちゃんと反論してみせろよ」

とはいえ推理を一蹴されてはたまらないので、僕はそう言った。

「捜査ねえ。図書館で新聞記事をあさって、めちゃくちゃな推理を披露するのを捜査と呼ぶなら、おめでたいものだよ。では言わせてもらうけどね、一番目の推理だけど、被害者の姓名に□が入っているというやつ。それ、ムギ君のお兄さんがいることで、法則が乱れているじゃあないか。栗沢保。図師忠勝。原田尚幹。彼らは苗字にも名前にもたしかに□が入っているけど、きみのお兄さんは麦倉匠。『倉』にしか入っていない」

「じゃ、二番目の推理はどうだ」

「最初の文字が『く』『ず』『はら』に対応できるってやつかい？　それもまた、きみのお兄さんが法則を乱している。『む』乃至（ないし）は『むぎ』が入るから、葛原述辺男という名前は作れないよ」

「犯人はフルネームじゃなくて文章を作るつもりかもしれない。たとえば、『くずはらむかつく』とか、『くずはらむすめをあいしている』とか……」

「本気で言っているとは思えないね。あときみは、犯人ということばを使ったけど、きみのお兄さんは自殺だよ」

「わかってる」

「まさか、『あれは自殺に偽装された他殺だった』なんて言い出すんじゃなかろうね」

兄の部屋。

脚がぶらぶら。

首がぶらぶら。

「きみのお兄さんは自殺だった。その現実は変えられない」

ぶらぶら。

ぶらぶら。

天井に吊り下がる兄。

そんな兄の顔を。

僕は。

「うるさい」

そう言った僕の声は、思ったより強いものだったので、僕自身がおどろいた。

鹿間は気まずそうに目をふせ、しばらくコタツの木目を見つめていたが、「ごめん」とつぶやいた。

「いや、俺こそ。なんかごめん」

「ムギ君があせるのはわかる。長いこと気にかけていた問題が、ついに解決できるかもしれないのだからね。だけどさ、落ちつきなよ」

「俺は冷静だ」

「犯人とやらが特定できたら、どうするの？」

「どうするって」

「復讐するの？」

思いがけない質問に、僕は動揺する。

復讐？　兄を殺した者への復讐？　僕はそんなことをしたいのか？

なにも言えなくなってしまった僕に、鹿間はノートパソコンの画面を見せて、「こうしているあいだに、新たな動きが出てきたよ」と言った。

『舞台版　ヴァンパイア・ドライブ』でプリニウス役に決まった小野寺さんと澤辺さんが負傷したのは、『猫の首』を読んだせいではないかという噂が、二・五次元舞台ファンのあいだで広がっていた。そして実際、『猫の首』の脚本と呼ばれるものがネット上に拡散されていた。僕は奇妙な心地になる。今になって『猫の首』が、劇団水曜日が、こんなにも花開くとは。

鹿間はノートパソコンをいじりながら言った。

「僕が見つけたかぎり、『猫の首』の脚本と称されるテキストがネット上に現れたのは、澤辺氏が負傷して舞台中止が発表された翌日……三日前が最初だ。プリニウス役の二人がケガをする前に、『猫の首』はネット上に存在していなかった。僕が見つけられていないだけかもしれないけど」

読書とネットばかりしている鹿間が見つけていないのだから、実際にそうなのだろう。つまり役者たちのケガは、『猫の首』とは関係ないのだ。そんなのはあたりまえだが、『猫の首』の効果を知っている僕としては、つい生々しく感じてしまう。

三日前からネットをにぎわせているこの異様な展開に、僕は一つ、決定的ともいえる疑問を持っていた。

「出回ってる『猫の首』は、どうしてニセモノなんだ？」

そうなのだ。

話の内容も、登場人物の名前も、すべてがべつもの。

少なくとも、僕が実際に観たものとはまるでちがう。

そしてなにより、つまらなかった。

本物の『猫の首』は、つまらないというより難解だったので、『理解できないのは、自分のスキル不足のせいだろう』と思ったが、今回のニセモノにかんしては、ふつうにつまらなかった。

「ムギ君の疑問はもっともだね。どうせやるなら、本物を使えばいい」

「俺は最初、御厨健のしわざかと思ったけど」

「御厨健。劇団水曜日の演出家だね」

「三年前に『猫の首』を再演したのも、そいつらしいからな。だから俺は、御厨健がネットを使って、劇団水曜日の人気を復活させようとしたんじゃないかと思った」

「それなら、葛原氏も容疑者リストに入れるべきだよ」

「葛原述辺男はネットをしないとさ」

「本人の自己申告だろう？　ムギ君は前も、そうやってだまされたじゃあないか」

「リビングには黒電話があったし、パソコンも見当たらなかった。それにもし葛原述辺男がやったとしても、ニセモノの『猫の首』を使った理由は説明できない。たぶんこれは、劇団水曜日のメンバーとは関係ないやつの犯行だと思うよ」

「愉快犯かね」

「そんなところじゃないかな」

どこかのひま人が、『猫の首』のことを聞きつけ、おもしろがって適当に書き散らした脚本をアップし、べつのひま人がそれを見つけて、『舞台版　ヴァンパイア・ドライブ』の舞台中止と関連づけた……みたいなオチだろう。本人たちも、まさかここまで盛り上がるとは思っていなかったにちがいない。

だけど鹿間は納得していないらしく、「愉快犯にしては、チョイスやタイミングが絶妙すぎる」とつぶやいた。

「それに、『観ると死ぬ舞台』ならともかく、『読むとケガをする脚本』というのは、スケールダウンしすぎじゃあないかな」

「なあ鹿間、そんなこと考えてやる必要なんてないだろ。シナリオはニセモノなんだから、葛原述辺男とは関係がないはずじゃ……あっ」

「どうしたのムギ君」

「今、すごいこと思いついた。もしかしたらこれ、ウチの事務所の自作自演じゃないか？」

「事務所って、『スカイフィッシュ』の?」

「『舞台版　ヴァンパイア・ドライブ』は今、変な感じに盛り上がってるだろ。公演が再開すれば、ものすごい数の客が入るはずだ。ウチの事務所はそれをねらって、こんなことをやったんだ。小野寺さんや澤辺さんは、本当はケガなんてしてないんだ」

「……ムギ君」

「なんだよその目は」

「ひきこもりのプロから忠告させてもらうけど、きみは少し寝たほうがいい」


鹿間とわかれて、路地を一人で歩く。頭を使いすぎたせいか、甘いものを食べたくなった。そういえば兄は甘党で、どら焼きが好物だった。母親がもらってきた十二個入りのどら焼きを、一人でぺろりと食べてしまったこともあった。首を吊った姿ではなく、まだ生きているころの兄を思い出したのはひさしぶりで、気分がよくなった。

電話がかかってくる。

マネージャーの三上さんからだった。

せっかく回復した気分が一瞬で沈み、スマートフォンを持つ手が重たくなるが、なんかもういろいろ面倒になった僕は、深く考えずに通話ボタンを押した。

「やっと電話に出たかムギ助」

「お世話になってます」

「舞台の再開が決定したぞ。六月の頭からだ。わりと早いだろ。空いてるのがそこしかないからねじこんだってのが正確だが」

「再開って、呪いは大丈夫なんですか？」

僕がたずねると、三上さんはうんざりしたような声で、「なんだよ、お前もその話をするのか……」と言った。

「いいかムギ助、俺たち舞台人はたしかに、お祓いをする。だからってな、呪いがあるとは思っちゃいないぞ」

「まあそうでしょうけども」

「日程はもう決まった。これ以上の延期は損失になる。しっかりやれよムギ助。プリニウス役のオーディションは明後日だ。くわしいことはメールするが……」

「三上さん、俺、オーディションを受ける気はありませんよ」

「お前、いくつだっけ」

「十八歳です」

「俺は三十七だ。十八のムギ助からすれば、三十七のおっさんの言うことなんざ、馬鹿らしくて聞けたもんじゃないだろ」

「いえ、そんなこと……」

「いいんだよ。若さってのはそういうもんだ。で、そのうえで言わせてもらうけど、お前はクズだ」

「ずいぶんはっきり言うんですね」

　僕はスマートフォンを強くにぎりしめた。

「お前はべつに、百年に一人の逸材でもなけりゃ、将来を約束されたサラブレッドでもない。いじけてるひまがあるなら、熱くなれ」

「いじけてなんかいませんよ」

「俺な、中学まで柔道やってたんだ。好きでもなかったけどな。で、あるとき、道場内で階級なしの大会をやって、小学生と当たったんだ。俺は中二で、そいつは小五。しかもチビときた。どう思う？」

「楽勝ですね」

「でもそいつは気合入りまくりで、真剣そのものだった。俺はそいつに負けちまった。判定負けだがな。べつにそのときは、悔しくなかったんだよ。柔道なんてどうでもいいし、年下に負けてもなんとも思わなかった。でも、ショックは遅れてやってきた。それがきっかけとは言わないが、柔道はやめちまったよ」

「教訓話としては、よくできてますけど……」

「ムギ助、お前のスタンスはわかる。こんな仕事いくらやっても、ストレートや古典のようには評価されないし、将来も不安だろうよ。でもな、負けは負け。お前は負け組なんだ。それでいいのか？　おまえには役者以外に道はないと思うけどな。いろいろ言って悪かった。じゃ」

電話は切れた。

さて。とくに思うことはないのでサクッとやるが、僕はオーディションには行かなかった。新たなプリニウス役に決まったのは、笹原(ささはら)という同期だった。

現場からは以上です。

10

笹原がプリニウスに決まって四日後の夜、「もう探偵しないの？」とビビ先輩から連絡があり、夕食をごちそうしてもらうことになった。場所は近所の焼肉屋。煙のむこうに見えるビビ先輩の服装は、ジャージにサンダル。理由を問うと、「後輩に肉をおごる先輩は、ジャージ姿に決まっているのだ！」と、わかるようなわからないようなことを言った。ビビ先輩は役者業からは手を引いていたが、コスチュームにかんしては今も役者じみている。死ぬ直前には、大よろこびで白装束を着るのだろう。

「どうなのムギ君、事件は解決した？」

「完全に行き詰まってます」

「じゃあ探偵しようよ探偵」

「ビビ先輩は楽しそうですね」

「きみはつまらなそうだけど」

「そりゃ、楽しくはないですよ。ずっと謎だった兄貴の死の真相がわかると思ったのに、まるで進展しないんですから」

あっさり解決するとばかり思っていた。

葛原述辺男から話を聞けば、『猫の首』のことも、兄の死のこともすべて解決すると思っていた。なのに事態はすすまないどころか、『猫の首』の噂は独り歩きして、より混迷の度合いを深めていく。いったい真相はいかなるものなのか。そもそも、真相というものが本当にあるのかどうかすらわからない状態だった。

「それにしてもムギ君はずっと、匠のことを考えているんだね！」

ビビ先輩が肉を食べながら、れいの絶好調の笑顔で言うものだから、僕はかっとなった。

「なんですかそれ」

「なにがですかどれ？」

「ビビ先輩は、薄情ですよ。それとも、わざとやってるんですか。役者をやめたのに、演技をつづけるなんて、ちょっとどうかと思いますけど」

「役者？　演技？」

「兄貴から聞いてますよ。ビビ先輩……役者を目指していたんでしょう。それで結局あきらめて、こんなふうになったんですよね。全部、聞いてますよ」

僕が言うと、ビビ先輩はすっと表情をなくした。こんな顔もできるのかと思った。少しだけ、怖かった。

「僕が役者をやめた理由、匠から聞いてる？」

「いえ……」

「あのねムギ君、僕は役者をあきらめたんじゃないのだ。やめたのだ。ここ重要。はい復唱」

「なんで復唱しなくちゃならないんですか」

「復唱！」

「役者をあきらめたんじゃないのだ。やめたのだ……」

「あと、僕は薄情じゃないのだ。親友が自殺したんだから、そりゃ、こたえたよ。人間ですもの！」

「じゃあ」

「だからといって、百年も二百年もしんみりしていることはできない。生きているもの！　きみはそれを、薄情と呼ぶのかい？　あのねムギ君、気持ちはわかるが、生者と死者の区別ははっきりさせておきなさい」

「むりです。俺はビビ先輩みたいに壊れてもいなければ、鉄でできてるわけでもないんですから」

「そうやっていじけて役者になって、そうやっていじけて役者をやめたのか？」

「なんで俺がやめたことを……」

「僕はなんでも知っているよ。先輩だから！」

「俺が役者を目指した理由も？」

「まさか匠の自殺を理由にするんじゃないだろうね」

「そんなことはしませんけど、でも、舞台に興味を持ったのは兄の影響です。こんがらかってるんです」

「べつに、こんがらかってないと思うけど」

「兄貴はアングラ劇が好きで、はじめてアングラ劇団のパンフレットを兄貴の部屋で見つけたときは、まあ正直、ドン引きしましたけど、だけど同時に、なんだか無性に惹きつけられて、それで、兄貴にたのみこんだんです。舞台に連れていってほしいと。そこではじめて観た舞台で……電流を浴びました」


そう、電流を浴びた。


今まで体験したことのない衝撃が、思考が、文化が、全身を駆け抜けて、僕はそのとき、自分が生まれ変わったことを知った。自分がすすむべき道を知った。

「ムギ君がはじめて観た舞台は、どんなものだったの？」

「ヒーローショーです」

「ですからヒーローショーです。戦隊ヒーロー。テレビでやってるやつですよ。五人組とかの。東京ドームシティでやってるやつ。兄貴としては、小学生にいきなりアングラ劇を観せるのはよくないと思ったんでしょうね。あ、でもちゃんとしたショーでしたよ。チケットを買って、席にすわって、最後に握手会もあって……」

「いやでも、ヒーローショーだろう？」

ビビ先輩は困惑している。めずらしいリアクションだ。

「べつにいいじゃないですか。俺はそこで人生観を変えられたんです。本当に……すごかったんです」

まぶたを閉じるまでもなく、今でもその光景を再生できる。

舞台を舞う五人のヒーロー。

やられるためだけに存在する異形の敵。

いくつもの光を放射するスポット。

鼓膜を震わせる激しいBGM。

会場から湧き上がる子供たちの声。

僕はそのすべてにやられた。すべてが愛おしかった。すべてが最高だった。あの瞬間を、もう一度でも体験することができたら、僕はきっと幸福で死んでしまうだろう。

そのとき、スマートフォンが震えた。

三上さんからだ。

「もしもし……」

衝撃的な事実が明かされる。

プリニウス役に決まった笹原が、腕をケガして入院した。だが舞台の再延期はもうできないため、すぐにオーディションを開くというものだった。

またケガ人が出た？

これで三人目だ。

偶然で片づけるには、いくらなんでも人数が多すぎる。

僕はここではじめて、『舞台版　ヴァンパイア・ドライブ』をとりまく状況に恐怖をいだいた。純粋に、おそろしい。通話を終えても呆然としている僕を見て、ビビ先輩がなにか言っているが耳に入らない。

「ムギ君どうした。おい、聞こえてるか」

「……今やっと、聞こえるようになってきました。変なものですね、耳は閉じることができないのに」

「大手事務所からスカウトでもきたの？」

「ケガ人が出ました。それでまたオーディションをするって。もう延期できないから。でも次も、だれかが負傷するかもしれない。もし『猫の首』が、呪いが……」

「落ちつけ」

「落ちつけ。そんなに心を乱していたら、見えないものが見えるようになってしまうぞ。猫に呪われてしまうぞ。さあほら、ウーロン茶を飲んで。深呼吸して。あと肉も食べて。僕がこんなに優しさ成分を発揮する日なんて、そうそうないのだから！」

「呪いが」

言われるままにウーロン茶を飲み、深呼吸し、肉を食べる。それで本当に落ちつくことはないし、思考もまとまらないが、やらないよりはましだった。僕はあえぎながら、『猫の首』と『舞台版 ヴァンパイア・ドライブ』が、奇妙なかたちでつながりを持ったことを説明した。

ビビ先輩は肉を食べつつ、僕の話をだまって聞いていたが、やがて口内の肉をごくりと飲みこむと、静かに言った。

「ムギ君、きみが今、いろんなことを同時にやろうとしているのはよくわかった。ではここで、僕のありがたいおことばをさずけよう。自分にできることは、一つだけ。はい復唱！」

「自分にできることは、一つだけ……」

「世の中には、自動車を売りながらロケットを開発する社長さんもいるけど、そういうのはまれで、ほとんどの人間は一つのことしかできない。パン屋はパン屋。本屋は本屋。林檎売りは林檎売り」

「俺は……」

「きみは何者だ。役者？　それとも探偵？」

「俺は……」

「気づいていないような顔はよしなさい。だれかの電流になりたいんだろ」

「電、流？」

「きみのやりたいことなんて、最初からそれだけ。役者になった理由もね。自分の歩く道を、自分で混乱させちゃいけないのだ」


僕は店を飛び出すと、肉とウーロン茶の詰まった胃をかかえて走った。夜の中を走る。脇腹が痛くなってもかまわず走る。こんなにも必死で走ったのはいつぶりだろう。

兄とはよく、駆けっこをしたものだった。いつも兄が前を走って、僕は結局、一回も勝てなかった。僕がもし、このままなにもしないで生きていても、いつかは兄の年齢に追いつき、追い越す。それはとてもむごいことのような気がした。

屋敷にたどりつく。

塀を乗り越えて、離れの扉に手をかける。鍵はかかっていない。いつもなら、「俺だ。入るぞ」と声をかけるがそんな余裕もなく、階段を駆け上がった。

引き戸を開けると、暗い和室には布団が敷かれていて、座敷童子が眠っていた。

「むにゃむにゃ。もう食べられないよう……」

ベタな夢を見ているところを容赦なく叩き起こすと、さすがの鹿間もおどろいたらしく、「ムギ君？　え、どうして？」と声を上げた。

僕は勝手に電気をつけた。

鹿間はまだ半分寝ているようで、ひどい寝癖をなでつけながら、布団の上でぼんやりしていた。

「おい鹿間、起きてくれよ」

「……なんか、焼肉くさい」

「聞きたいことがあるんだ」

「その前に、お茶を一杯……」

鹿間はゆっくりした動作でドテラを羽織ると、コタツまで這ってすすみ、二人分の茶を淹れた。僕ははやる気持ちをおさえて正面にすわり、出された茶で咽喉をうるおす。

そのうちに鹿間の意識もはっきりしてきて、あくびを噛み殺しながらではあるが、話を聞く態勢になってくれた。

自分にできることは、一つだけ。

僕はもういいかげん、道を決めなければならない。


僕は何者だ？

「なあ鹿間、お前が前に言ってた、落語家の話を聞きたいんだ。のび悩んでる弟子と、その師匠のやつ。『現実は正解』ってやつ。おぼえてるか？」

「ああ……もちろんおぼえているよ。時代や消費者のせいにしたり、嫉妬したり、今の位置を不当に思ったりしたところで、現実は変わらないという話だね」

「その弟子ってやつは、そもそもどうして、のび悩んでたんだ？」

「彼が師匠の門下に入った数年後、後輩ができるのだが、そいつがまた喰えないやつで、しかも優秀で、師匠にもとくべつ可愛がられていたのさ。彼はそのころ、師匠と大喧嘩して、まともに稽古すらつけてもらえないありさまだった」

「最悪だな」

「後輩はぐんぐんのびて、自分はくすぶったまま。彼はそんなときに、師匠からあの説教を受けたのだ。そして彼は目覚めた。電流を浴びたと言ってもいいだろう」

「電流？」

「そう、電流を浴びたのさ。びりびりと……ふぁあ。電気ウナギは百万ボルトで電気ショックを味わいながら、むにゃむにゃ……」

「起きろ」

「ん……あれ、ムギ君おはよう。僕はどこまで話したかな」

「電流を浴びた弟子は、どんなふうに現実を改善したんだ？」

「彼は卑屈になるのをやめて、現実を見据えるようになった。後輩に対しても、嫉妬したり毛嫌いしたりするのをやめて、むしろ以前より積極的に接するようになった。そうすることで彼は、後輩の性格も、その非凡な才能も受け入れられるようになって……眠いなあ」

「もうちょっと辛抱してくれ。で、そいつは最後どうなるんだ。後輩には勝つのか？」

「いや、真打に昇格したのは後輩のほうが先だよ。それを知った彼は、後輩の昇格パーティの司会に志願した。その話を聞いて、師匠もさすがにおどろいたらしい」

「…………」

「こうして彼は、みごとに現実を覆した。彼のやったことはシンプルさ。ただ現実を見つめただけ。自分を苦しめる現実とむき合い、敗北の原因を分析して、それを処理すれば、自分の見たい現実がやってくる……。ええとムギ君、満足したかな？　僕はまだ、眠いのだ。ふぁあ」

「満足した。じゃ、俺は失礼するよ」

「うん」

「鹿間」

「なんだい？」

「ちゃんと学校行けよ」

僕はそう言って離れを去る。

高揚していた。

発熱していた。

それこそまさに電流でも流れているように、全身がぱちぱちと元気に爆ぜている。気が変わらないうちに電話をかけた。

「もしもし水口？　俺だ。あの……いや、それはもういいんだ。急で悪いんだけど、これから会えないかな？　ちょっと、その、お前にいろいろ聞きたいことがあるんだ」

11

オーディション会場となった会議室で僕を見つけた鉄砲塚真太郎は、開口一番こう切り出した。

「悪役を気取るわけじゃないが、今さらなにをしにきた」

「本日はよろしくおねがいします！」

「わたしたちは、方向性がちがうはずだが」

「本日はよろしくおねがいします！」

「こう見えて、根に持つタイプでね。きみがわたしにぶつけた罵倒はみんなおぼえているよ」

「本日はよろしくおねがいします！」

「よし……。ではオーディションをはじめよう。番号と所属と名前を」

「本日はよろしくおねがいします！　十二番。『スカイフィッシュ』に所属しています。

麦倉……」

そして。

水口のアドバイスのおかげか、役者を選り好みする余裕がなかったのか、自分の力で現実を更新できたのかはともかく、オーディションに合格した。

こうして僕は、プリニウス役を勝ち取ることができた。

12

武者震いというのだろうか。

役が決まってからというもの、臆病なウサギのように体が痙攣した。

不安と緊張と、まだうまく名前をつけられない気分とが混ざり合い、落ちつかないのだ。稽古中はともかく、家でじっとしていると、獲得したばかりの現実がぐんとせまってきて、本番間近だというのに安定しない。舞台に上がる役者たちが、こんなにも闇深い孤独をかかえていたなんて知らなかった。

それもあって最近は、稽古を終えて家に帰る前に、駅前のマクドナルドで心を休ませていた。チーズバーガーとコーラを注文して席につく。コーラを一気に飲んでみたが、すかっと爽やかと呼ぶにはほど遠い。暗い感情が渦を巻き、どんよりさせる。よく見ると、小雨が店の窓を濡らしていた。自分の心情と天候がシンクロするとは。僕も焼きが回ったものだ。

　思えば、客席数が九百以上の会場に立つなんて、人生ではじめてだった。

　プリニウスの姿で舞台に立つ自分をイメージしてみるが、ピントの合わないカメラのようにボケてしまい、ただしく映らない。なのにプリニウスとなった僕を見つめる客席からの視線は、かんたんにイメージできてしまう。

　プリニウスは出番が多く、さらには女装男子という困難なキャラクターなので、観客の目はとてもきびしいだろう。実際、小野寺さんが演じたプリニウスは、好意的な評価が少なかった。しかも『猫の首』騒動のせいで、『舞台版ヴァンパイア・ドライブ』はいろいろな意味で注目されていた。プレッシャーに圧しつぶされそうになるが、僕はそれをエネルギーに変える努力をした。しくじってたまるか。がんばるぞ。僕がやらなきゃこの舞台は成功しないのだぞ……。

　カタカタカタ。

　僕の貧乏ゆすりで椅子が鳴る。

　カタカタカタの音は、いつしか耳から脳へと侵入して、僕の中にある熱っぽい気持ちを、すっかり消してしまった。

　どうせ水口がいる。

　観客の大半は水口が目当てだし、僕がミスをやらかしても、水口はそれをカバーして、自分の功績にしてしまうだろう。僕がどんなにがんばったところで、水口の輝きに埋もれてしまうだろう。

オーディションに受かったのに、気分は土砂降りだった。

自分がまたふりだしにもどったような気がして、つらかった。

気づけば僕はスマートフォンを取り出し、ネットに出回っている『猫の首』の脚本を読んでいた。

呪いなんて存在しないのはわかっていたが、それでも僕は、暗いなにかを期待して読みすすめる。『猫の首』のニセモノはしかし、本当につまらなかった。からっぽというかなんというか、薄いオレンジジュースを飲んでいるような気分になるのだ。いったいだれが書いたのだろう。こんなに才能のない人間を僕は知らない。こいつは本当に舞台が好きなのか。舞台を観て電流を浴びたことがあるのか……。

ん？

入りの悪いラジオから、ほんの一瞬だけ鮮明な声が流れたような感覚。

雑音はすぐにひどくなり、その声は埋もれそうになる。

僕はあわてて、だけどそっと……弱った金魚を水槽から助けてやるように……自分の思考に手をのばす。僕は今、なにを考えた？　なにを思いついた？　なにをひらめいた？

愉快犯かね。

鹿間はそう言った。

僕にはわかる。『猫の首』のニセモノは、愉快犯が書いたものではない。内容は泣けるほどひどいが、なにか切実な理由があってネットにばら撒かれたというのが僕にはわかる。なぜなら僕はこいつと同類だから。同類？　だれと同類？

ああ！

すべてを理解した。

すべてが理解できた。

僕はマクドナルドを飛び出す。

チーズバーガーを食べわすれたことにも、雨が本降りになっていることにも、沸騰した脳はしばらく気づかなかった。アスファルトに打ちつける雨は僕を濡れネズミにするが、かまわず駅にむかって走る。水を吸った靴が重かった。もっと早く走りたい。飛ぶように舞うように走りたい。

スマートフォンがいきなり震えた。

「ビビ先輩？」

「今どこ」

「駅前ですけど……吉祥寺の」

「回収！」

一分もしないうちに爆音が近づいて、バイクが僕の横に停車した。

派手なアイドリング音を鳴らすバイクには、革のツナギを着て、フルフェイスのヘルメットをかぶった男が乗っていた。

「さあ行こう！」

バイザーの奥に見えるビビ先輩の顔には、いつもの絶好調の笑顔があって、僕はそれを見て、こんなときだというのに、奇妙に安心した。

ビビ先輩は僕を後部座席に乗せてヘルメットをかぶせると、バイクを急発進させる。

猛スピードで疾走。法定速度を守っているようには思えない。ビビ先輩の背中にしがみついていると、やがて都会の風景が視界に入る。バイクは路地をすすみ、一軒家の前でとまった。

僕は急いでインターフォンを押す。

反応なし。

もう一度。

反応なし。

居留守を使っているのか。それとも……。

「うはははは！」

ヘルメットをかぶったビビ先輩が、頭から窓に突っこんだ。

窓ガラスが豪快に割れる。

ビビ先輩は気にするそぶりも見せず、土足のままリビングへと突進した。僕もリビングに入る。そこにはだれもいない。ビビ先輩はヘルメットを脱ぎながら階段を駆け上がる。僕もあとにつづく。

階段の先にあるドアを開けると、そこは書斎だった。使いこまれたデスク。革張りの椅子。小さなベッド。本棚に詰めこまれた本。アイディアらしきものが書かれたメモ帳。コーヒーカップ。電子辞書。ノートパソコン。プリンタ。携帯電話。そんなものが置かれた部屋のまんなかで、

葛原述辺男がぶら下がっていた。

天井からのびるロープに首をかけた葛原述辺男は、うなり声のようなものを発していた。

顔は赤く、舌はだらしなく垂れて、両脚はぶらぶら揺れている。

ぶらぶら。

自殺した兄のように。

僕が見つけたときのように。

ビビ先輩はすさまじい勢いで、葛原述辺男に突撃をかけた。

ぶちぶちとロープの切れる音がして、二人はベッドに落下する。

葛原述辺男が唾液を垂らしながら、自分の首に巻きついたロープを本能的に緩めると、酸素を求める肺が一気に活動したせいか、激しく咳きこみはじめた。

僕はそんな葛原述辺男に、

「このやろう！」

なぐりかかった。

顔を、腹を、なぐりつける。声にならない声を上げながら、何発もなぐりつける。自分を制御できなかった。

「もういいでしょ」

ビビ先輩が僕を羽交い締めにする。

まだだ。

兄を殺しておいて、このていどでゆるされるわけがない。

僕は叫んだ。

「このやろう！　お前が死んで、それで完成だっていうのかよ。絶対にゆるさないぞ。お前が殺したんだ！　お前がそうさせたんだ！」

葛原述辺男はしばらくベッドにうずくまっていたが、よろよろと起き上がると、血と唾液でよごれた口もとをぬぐい、「きみのお兄さんだけじゃない……」と低い声で言った。

「みんな死んだ。四人ともみんな死んでくれた……。あとは、わたしが死ねば完成だ。

だからたのむ。どうかわたしを、わたしを自殺させてくれ」

13

「栗沢保。図師忠勝。原田尚幹。そして俺の兄も、みんな自殺だったんですよ。電流を浴びたんです。『猫の首』を観た四人は、心の底から物語にやられて、心酔して、虜になった。『猫の首』によって、人生を決定づけられた」

書斎は静まり返っていた。

ビビ先輩も葛原述辺男も無言のまま。

天井に垂れ下がっているロープの切れ端が、所在なさそうに揺れている。

だれもが無言なので、僕が話をすすめるしかなかった。

「ビビ先輩は、『猫の首』のあらすじを知ってますか？」

「聞いたけどわすれた」

「ざっくり言えば作中作、つまり入れ子構造で、『猫の首』を観た人間が次々に死んでいくっていうメタ演劇なんです。あの四人は、『猫の首』を観たあとに死ぬことこそが、その物語へのただしい返答だと思いました。これが自殺の動機です」

「さっぱりわからん」

それはそうだろう。黒マントだの革のツナギだのと、場面に合わせて衣装を変えてしまうビビ先輩は、よくも悪くも、一つの物語に執着できない。どのような物語でも愛すると公言している鹿間もおなじだろう。

でも四人はそうではなかった。

電流を浴びせてくれた『猫の首』にこだわることに、大好きな『猫の首』に命をかけることに、一切の抵抗を持たなかった。

自分の死が作品を完成させる最後のピースだと信じてうたがわなかった。

そんな『猫の首』を書いた葛原述辺男は今、書斎のすみでちぢこまっている。

このなさけない姿を見たら、兄は自殺しないでくれただろうかと、まったく無意味なことをつい考えてしまう。

僕は自分のためにも説明をつづける。

「ビビ先輩の言うとおり、呪いなんてものは存在しません。だからこそ四人はむしろ、呪いを『ある』と思わせるために死んでみせました。物語のために死んでみせました。いっぽう、『舞台版　ヴァンパイア・ドライブ』の役者たちが、『猫の首』を読んでケガをした話は、べつの原理がはたらいていました。一番はじめに降板した小野寺さんは、本当にケガをしたんでしょう。でも、二人目からはちがいます」

「自分で自分を傷つけたんです」

彼らは逃げたのだ。

舞台に立つことから。

『猫の首』のせいで、『舞台版　ヴァンパイア・ドライブ』は注目の的。

期待値は限界まで高まっている。

そのような舞台で主役を張るのは水口で、やはり注目の的。自分がどんなにがんばったところで観客は水口目当てだし、プリニウスは女装男子という難易度の高い役で、やはりどんなにがんばったところで辛い評価をつけられるのはまちがいない。

地獄だ。

このようなところに投げこまれるのだから、尋常ではないプレッシャーに襲われたとしても納得できるし、僕もそうだった。ほんの一瞬ではあったが、『ケガしたら降板できるのになあ』と考えてしまった。

澤辺さんと笹原の心は、どこかでぽっきり折れた。

だから二人は自分自身を傷つけ、舞台から降りたのだ。

僕はさらに言う。

「『猫の首』と『舞台版　ヴァンパイア・ドライブ』をつなげた張本人は、ここにいる葛原述辺男です。そしてこいつが『舞台版　ヴァンパイア・ドライブ』のことを知ったきっかけは、たぶん、俺です。そこにあるパソコンで、俺の名前を検索したんでしょうね。事務所のホームページには俺のプロフィールと宣材写真がまだ載ってます。俺のことをしらべるうちに二・五次元舞台を知り、『舞台版 ヴァンパイア・ドライブ』にたどりついて、そこで負傷者が出て、舞台が中止になったことを知った。葛原述辺男はそれを利用したんです。鹿間がしらべたところでは、『猫の首』がネット上に出回ったのは、公演中止が決定した翌日からだそうです。葛原述辺男は役者たちのケガを、『猫の首』を読んだことが原因みたいに、うまく演出したってわけです。まあ、あと出しジャンケンですよ」

そのあと笹原まで負傷したことで、あと出しジャンケンは葛原述辺男が思った以上に成功し、おかげでネットは今でも、『猫の首』の話題で盛り上がっている。

僕は葛原述辺男をまっすぐに見た。

「教えてくれ。あんたはどうして本物の『猫の首』じゃなくて、ニセモノをネットにアップしたんだ?」

「あれはわたしの新作だ」

意外なほど堂々とした声の葛原述辺男は、やはり意外なほど堂々とした顔つきで、僕の視線を受け止めた。

「じゃあ、最初から引退する気なんてなかったんだな。あんたは『猫の首』が観客を死なせてしまったことから、逃げ回っていただけかよ。自分が書いた作品の力に、ずっとおびえていただけかよ」

「わたしはなにもおそれちゃいない。自分の作品が人を殺したことだって、誇りに思っているくらいだ」

葛原述辺男はじっと僕を見つめている。

その目には、野望の残り火がちろちろ燃えていた。

残り火は言った。

「きみには悪いが……これがわたしの本音だ。そこは揺るがない。なぐりたければなぐるがいい」

「それなら、どうして引退したんだ」

「話したはずだが。手紙のことを」

手紙。

事件の遺族からとどいた手紙。

幼い少女の書いたねがい。

葛原述辺男はそのとき娘がいたと言っていたが、それがなんだというのだろう。「そんなことで？」と思ってしまうのは、僕が十八歳だからか。恋愛よりも家族よりも、自分の才能を見せつけることが一番だと信じているからか。年をとり、家庭を持てば……この気持ちは消えてしまうのか。そしてまた復活してしまうのか。だとすれば、なんて厄介なものをかかえているのだろう、僕たちは。

葛原述辺男はつづける。

「わたしはね、封印したのさ。自分の才能をね。ふふ。格好いい表現じゃないか？　自分の作品のせいで他人が不幸になろうと関係ない。だがね、実際に死者を出してしまって、やめてくれと遺族にたのまれては……わたしにだって情はある。わたしは殺人鬼じゃない。暴力装置じゃない。脚本家だ」

葛原述辺男とはじめて会ったときの反応を思い出す。

僕を見て、二通目の手紙が時代を超えてやってきたとでも思ったのだろう。

僕はなんとなく、弁明のようなことを言った。

「俺はべつに……そんなつもりであんたをさがしてたわけじゃない。いや、なぐってしまったけど」

「いいパンチだったよ」

「俺はただ、あんたの口から真実を聞きたかった。それだけなんだ。兄貴が『猫の首』を観て自殺したっていうなら、それはもう納得するしかない。でも、それならそうだと、最初に話してほしかった」

「『猫の首』の真実をきみに話すなんてのはね、自慢と変わらんよ。自慢なんかすれば、またすぐ欲望が芽生えてくる。表舞台に立ちたくなってくる。自分の才能を世界に見せつけたくなってくる。表現者とは、そういう生き物だ」

「俺のせいだって言うのか？　あんたは実際、ふたたび世に出ようとしただろ。ネットを使って」

「『猫の首』が、劇団水曜日が、ネットに拡散されていく様子を見て、心がはずんだよ。役者たちが次々と負傷したときは、本当に自分の作品に呪いの効果があるのではと思ってしまったほどだ」

「呪いなんて存在しない」

「そう。あるのは電流だけ。このさわぎの中でわたしが死ねば、『猫の首』は歴史に残る大傑作となる」

「本気で、自殺するつもりだったのか」

「作品のためなら、命など惜しくはない。あたりまえの話だと思うがね」

「あれはどうなんだ。三年前にやった『猫の首』の再演。あれは本当に、御厨健が勝手にやったことなのか」

「御厨は再演の話をわたしに持ちかけてきたよ。『また人を殺そうぜ』とね。わたしは関与こそしなかったが、ストップもかけなかった。見て見ぬふりをした」

「どうして……」

「決まってるだろう。『猫の首』が再演されるという誘惑に、抗えるものか」

　本当は、「そんなのわからない！」と叫んで、もう一発くらいなぐりたかったが、残念ながら僕にはわかってしまう。観た者を殺せるほどの電流を持つ『猫の首』を、自分の心になんとか折り合いをつけて封印していたところに、甘い誘い文句がやってきたら、抵抗できないことがわかってしまう。

僕は役者。

葛原述辺男は脚本家。

どちらも、自分の才能を世間に見せつけたくて、自分がどれくらいの電流を持っているのかたしかめたくてたまらない。

僕たちは年齢も立場もちがうけど、表現者という意味ではいっしょ。おなじくらい必死で、おなじくらい危険なことを考えている。

葛原述辺男は垂れてきた血をぬぐった。

「わたしをゆるしてほしいとは思っていないよ。あのとき御厨を止めていれば、きみのお兄さんは死なずにすんだかもしれないからね」

「御厨は今どこに？」

「さてね。再演後、『アメリカで一旗あげる』と連絡があったが、それきりさ。永遠の嘘を吐いて、あの男は生きている。うらやましいよ」

「ネットに撒いた『猫の首』のニセモノは、その、本当にあんたの新作なのか？」

「引退し、タクシー運転手としてはたらきつつも、脚本は書いていた。あれはその中の一つだ。二年ほど前に完成させたものを、タイトルだけ『猫の首』に変えてアップしたのさ。わたしとしては自信作で……」

「つまらなかった」

「なに？」

「つまらなかった。死ぬほどつまらなかった。あんなに退屈な話を読んだのははじめてだった」

「負け惜しみを言うわけじゃないが、きみは『猫の首』を観ても理解できなかったのだろう？」

「そうさ。電流を浴びるどころか、静電気すら感じられなかったよ。それでも、すごいものを観てしまったという気持ちにはなったし、もっと勉強して、いつか絶対に理解してやるって思った。『猫の首』にはそれくらいパワーがあったのに、あの新作は、本当にただの、ニセモノだ」

　僕が言うと、葛原述辺男は力のない微笑を浮かべて、「的確な批評、なのかもしれん」とつぶやいた。

「わたしの才能が尽きたことは、わたしが一番よくわかっている。それでも書きたかった。発表したかった」

「なさけない」

「きみにもいつか、そういうときがくるだろう」

「俺はやるんだ。やるって決めたんだ。俺の演技が、だれかにとっての電流になるまで」

「電流とは危険なものだ。きみのお兄さんが遭遇したように、命にかかわることが起こるかもしれないぞ」

「それでもやるんだ。俺の電流がどんなものであったとしても……俺は役者をやめない」

「俺はまだ満足しないぞ。この世界の中心に立つまでは」

　僕は激しい熱量の中で言った。

「俺はこれからどんどん有名になるから、あんたはそのときまで生きていてほしい。そしてどうか、新作を書いてほしい」

「新作を？」

「俺が演じるから」

「……いいものだな」

　葛原述辺男はおどろいたような目で僕を見つめる。僕自身もそんなことを言った自分におどろいていた。なんだろう、この晴れ晴れとした気分は。

　ビビ先輩は小さく肩をすくめると、「探偵終わった？　じゃあ帰ろう」と言った。

「ところでムギ君、きみ、いい顔してるね」

「いい顔……ですか？」

「呪いがとけたような顔なのだ」

　ああそうか。僕も『猫の首』の呪いにかかっていたのか。それも、だれより根深く、どっぷりと。

14

「そんな馬鹿な。ボクの結界が決壊するなんて……。この世の終わりニャン！」

「あきらめてはならぬ。貴様の結界生成能力は随一だ。我が時を稼いでいるあいだに、貴様はもう一度、結界を張れ」

　水口演ずるアルカードが動くだけで、持っていかれそうになった。

　アルカードを中心に、強烈な磁場が舞台上に発生していて、僕はアルカードに近づくたび、プリニウスという役を忘れそうになった。衣装のスカートから露出した脚に鳥肌が立った。

　心から素直に、すばらしいと思う。

　今の水口は最強だ。

　大勢の観客は水口を見ていた。

　だれも僕など見ていなかった。

　こんなことで、心は折れない。

　最初からわかっていたことだ。

　それに、

「結界生成ニャン！」

口を開けばほら、このとおり。

その瞬間だけは僕が主役になれるのだ。

僕が発したセリフを合図に、舞台はクライマックスに入る。レーザーサイトの光線が客席を這い回り、プロジェクションマッピングの映像が派手に展開して、BGMが高らかに鳴り響く。舞台に立つ役者たちは全員、健康的に疲労していた。メイクが落ちそうになるほどの汗と、舞台に立ちこめる熱と、それさえ包もうとする観客席からの空気にやられて、僕たちはみんな、ふらふらだった。体力は限界。咽喉もからからで、水の一滴すら恋しく感じてしまう。

さあ、もうひとがんばりだ。泣いても笑っても今日が最後。今日が千秋楽。これですべてが終わり、そしてまたはじまるのだ。次の舞台が決まって、オーディションを受けて、落ちたり受かったりして、次の舞台、そのまた次の舞台……。

死ぬまでつづく、その幸福。

死ぬまでつづけるための、その努力。

もう少しで終わりという考えが、僕の気を緩めたのだろう。ふと、脚が力をなくした。スイッチでも切れたように、その場に倒れそうになってしまう。しまった。倒れる。

そう思った次の瞬間、水口が手を差しのべてくる。

アルカードとプリニウスは盟友だ。傷ついた友に手を貸すのは、不自然なことではない。僕は水口のアドリブに感謝しながらその手をつかみ、体勢を立て直す。僕を見る水口は、アルカードが半分、水口弘樹が半分入った笑みを浮かべていた。完璧なアルカードを演じるとすれば、ちょっとばかり笑顔の分量が多いと感じるものだった。

「我はまだ満足せぬ！　この世界の中心に立つまでは！」

割れんばかりの拍手。

舞台が大成功で幕を閉じたことを、それが証明してくれた。

僕は客席に頭を下げながらも、つい気になってしまう。僕のプリニウスを見て電流を浴びた人は、どれくらいいるのだろうかと。いや……よそう。これはまだ、今の僕が考えることじゃない。『舞台版 ヴァンパイア・ドライブ』の主役は水口だ。僕は引き立て役どころか、水口に引っぱり上げられた存在にすぎない。

だからどうか、僕が言うまでもないことなのは承知のうえで、彼に万雷の拍手を。

打ち上げもほどほどにして、吉祥寺にもどってきた。駅前を抜けて路地をすすみ、その先に建つ大きな屋敷が見えたとき、心がふっと楽になるのを感じた。

同時に、それよりほんの少しだけ大きな緊張も。

「俺だ。入るぞ」

部屋には今日も座敷童子がいた。

ドテラを羽織り、長いこと日に当たっていない白い顔と、背中までのびた髪を持つ友人は、ノートパソコンに見入っていたが、僕に気づいて顔を上げた。

「やあムギ君、ひさしぶり。『舞台版　ヴァンパイア・ドライブ』は、すべての日程を終えたようだね。お疲れさま。僕がひきこもりじゃなければ、きみが舞台に立つところをこの目で……」

「お前はどこまで知っていたんだ？」

その質問に乱れることなく、鹿間は首をかしげるだけ。

僕は用意してきたことばを口にする。

「『猫の首』を観た四人が自殺だったこと。役者たちのケガが自作自演だったこと。『猫の首』のニセモノをネットに広めたのが葛原述辺男だったこと。お前はどこまで知っていたんだ？」

「ねえムギ君、僕はこの部屋から出られないのにどうやって……」

「俺のプライベートや喜怒哀楽を、部屋から出なくてもわかるって豪語したのは、お前だろ」

「そんなことを言ったような気がするよ」

「俺が葛原述辺男のところに行こうとしたとき、ビビ先輩と合流した。あれはお前がやってくれたんだろ」

「どうしてそう思うの」

「俺はあのとき、『葛原述辺男の家にむかってください』なんてたのまなかった。なのにビビ先輩は、葛原述辺男の家にバイクを走らせた。なにも知らないビビ先輩に、そんなことできるわけがない」

だれよりも早く真相に到達した何者かが、裏で手を回していなければ、あのような展開は起こらなかった。

それが僕でもビビ先輩でもないとすれば、鹿間しかいない。

鹿間はノートパソコンを閉じると、いつものように茶の用意をはじめる。二分にも満たなかっただろうが、とても長く感じた。

やがて鹿間が口を開いた。

「あれは僕がたのんだわけじゃあない。ビビ先輩が独自に動いたのさ」

「それじゃあ、ビビ先輩はぜんぶわかってたってのか？」

「ビビ先輩がなにを考えているのかなんて、だれにもわからないよ。推理のすきをあたえない。僕がビビ先輩を評価しているのは、まさにそこだからね。というわけで、僕個人の考えを話そう。葛原氏が自殺しようとしなければ、僕はなにもしないつもりだった。『猫の首』の真実をムギ君に教えたところで、きみの心は晴れないだろうし、役者たちがみずからにケガを負わせたことは、彼ら自身の問題でしかない。なにより、僕がだまっていれば、みんな勝手に終わる話だったからね」

「『猫の首』のニセモノをばらまいたのが葛原述辺男だったことも、だまっているつもりだったのか？」

「あれだって本人の問題だもの……。葛原氏は元気？」

「ああ、ピンピンしてる」

「それはよかった。ネットの異様な盛り上がりを見て、ひょっとしたら『猫の首』の呪いを完璧なものにするために、自殺するのではと心配になってね」

「そこまでわかってたのに、どうしてだまってたんだよ」

「それは……」

「俺がちゃんと話を聞くなら、隠さないでみんな話してくれるって約束しただろ」

「そんなふうには言っていないよ」

「言っただろ」

「言ってない」

「言っただろ」

　僕がゆずらないでいると、鹿間は自分の手を見つめながら、「言ってないもん」とふてくされた。その様子がおもしろくて、つい吹き出しそうになる。

　鹿間はふてくされた表情のまま言った。

「きみはあのとき、大切な時期に差しかかっていた。真相を明かしては、きみの人生が台無しになってしまうと思ったのだ」

「だったら、そもそもどうして、劇団水曜日の新情報なんてものを俺に教えたんだよ」

「僕は探偵じゃあないし、全能でもない。劇団水曜日のポスターを入手したときは、こんなことになるとは考えてもいなかった。それにきみはあのとき、弱っていた。僕はただ、ムギ君によろこんでほしかったのだ……本当だよ？」

「わかってるよ」

そう、わかっている。

僕には鹿間の優しさがわかっている。

「お前にはいつも、助けられているよ」

だからそう言った。

鹿間は妙に気恥ずかしそうな表情を浮かべた。

「ねえ、ムギ君の精神分析をしてもいいかな」

「精神分析？」

「ムギ君が二・五次元舞台に本気になれなかったり、軟派なカルチャーを小馬鹿にしたりしていたのは、きみが娯楽というものに心を閉ざしてたから……と、僕は思うよ」

「つづけて」

「きみはお兄さんの自殺を体験して、楽しいもの、心地いいものを受けつけられなくなった」

「そりゃ、少しは関係あるかもしれないけど、あれからもう三年だぞ」

「悲しみは時間が解決してくれるという一般論は、わりと正解だと僕も思う。でもムギ君は、そのかぎりではなかったのだ」

「なんでだよ。なんで俺だけ」

「きみのお兄さんが、演劇を好きだったからさ。お兄さんの好きだった文化を、きみはまるで聖書のように信じていた。なのにオーディションにはいつも落ちるし、舞いこむ仕事も二・五次元舞台ばかりで、そこにあせるあまり、きみは娯楽作品を毛嫌いするようになったのだ……と、僕は思うよ」

鹿間が説明を終えた瞬間、僕は爆笑した。

皮肉でもなんでもなく本当に、心の底から笑った。

僕のそんな様子を、鹿間はだまって見つめていた。

「あのな鹿間、俺がベタなものを嫌いなのは、たんなる趣味嗜好だ。お前が言うように、俺はシニカルで権威主義者なんだよ。だけど」

「うん？」

「そんな俺だけど、今まで観た中で一番好きな舞台は、兄貴といっしょにはじめて観たヒーローショーなんだ」

「うん……」

「鹿間、ありがとう。ずっと俺を見ていてくれて」

「あたりまえだよ。僕たちは友達だもの」

「明日、葛原述辺男が家にくるんだ」

「そうかい」

「兄貴に手を合わせたいんだと」

「そうかい」

「あと、次のオーディションが決まった。女装男子じゃなくて、格闘家の役だ。こんどの舞台は、格闘ゲームが原作なんだ」

「役者をつづけるのだね。おめでとう」

「あのさ……俺、ちゃんとやってるだろ？　自分の人生、ちゃんとやってるだろ？　だからさ」

　僕は鹿間の顔を正面から見据える。

　白い顔。

　小さな体。

　のばしっぱなしの髪。

　どうしてこいつは、こんなふうになってしまったのだろう。どうして部屋から出ないのだろう。どうして僕になにも話さないのだろう。

　僕はことばをつづける。

「だからさ、お前もちゃんとやれよ。俺は、いやなんだ。助けてもらってばかりで、お前がずっとこの部屋から出てこないことが。『現実は正解』なんて言ってたけど、こんな現実でいいのかよ」

「僕が望んだことさ」

「だとしても外に出ろよ。なあ、桜が咲いたら、いっしょに花見しないか」

「……考えておくよ」

「話はこれだけ。じゃ、俺は行くよ。あんまり寝すぎるなよ。目が腐るぞ」

立ち上がろうとすると、「ねえムギ君」と、鹿間にしてはめずらしい早口で呼び止められた。

「僕はね、きみが舞台に立つところを、見てみたいと思っているよ」

「ああ」

「それじゃまたね」

「またな」

離れをあとにする。

夏の気配を感じた。

また夏がやってくる。兄の死んだ夏を、こんどは悪夢を見ないですごせるようになりたいと思った。

文化とおなじく、時間は勝手に更新される。

僕たちには、ぐずぐずしているひまなんてない。

今日もどこかで争奪戦。

明日もどこかで決勝戦。

このすばらしい地獄の中を、僕はどこまで行けるだろう。

いつも僕の前をすすむ兄は、僕より一足先に、この世を去った。舞台という最高の電流を浴びて旅立った。僕はまだ、その場所に行くつもりはない。やりたいことがたくさんある。演じたい舞台がたくさんある。そういう役者に、僕はなりたい。

時計を確認する。兄の仏壇に、好物だったどら焼きを供えるため、僕は駅前の店にむかう。兄に報告することはたくさんあった。『猫の首』のこと。舞台のこと。将来のこと。あとついでに、友達のこと。

終幕

本作はフィクションであり、実在の人物、団体等とは一切関係ありません。

初　出

舞台上で消えた役者
「小説屋sari-sari」2016年11月号、12月号

殺人オーディション
「小説屋sari-sari」2017年2月号〜4月号

観ると死ぬ舞台
「小説屋sari-sari」2016年７月号、８月号

文庫化にあたり、
大幅に修正しています。

俳優探偵（はいゆうたんてい）

僕（ぼく）と舞台（ぶたい）と輝（かがや）くあいつ

佐藤友哉（さとうゆうや）

平成29年 12月25日　初版発行

発行者●郡司 聡

発行●株式会社KADOKAWA
〒102-8177　東京都千代田区富士見2-13-3
電話　0570-002-301（ナビダイヤル）

角川文庫 20704

印刷所●株式会社暁印刷　製本所●株式会社ビルディング・ブックセンター

表紙画●和田三造

ISBN978-4-04-106238-8　C0193

角川文庫発刊に際して

角川源義

第二次世界大戦の敗北は、軍事力の敗北であった以上に、私たちの若い文化力の敗退であった。私たちの文化が戦争に対して如何に無力であり、単なるあだ花に過ぎなかったかを、私たちは身を以て体験し痛感した。西洋近代文化の摂取にとって、明治以後八十年の歳月は決して短かすぎたとは言えない。にもかかわらず、近代文化の伝統を確立し、自由な批判と柔軟な良識に富む文化層として自らを形成することに私たちは失敗して来た。そしてこれは、各層への文化の普及滲透を任務とする出版人の責任でもあった。

一九四五年以来、私たちは再び振出しに戻り、第一歩から踏み出すことを余儀なくされた。これは大きな不幸ではあるが、反面、これまでの混沌・未熟・歪曲の中にあった我が国の文化に秩序と確たる基礎を齎らすためには絶好の機会でもある。角川書店は、このような祖国の文化的危機にあたり、微力をも顧みず再建の礎石たるべき抱負と決意とをもって出発したが、ここに創立以来の念願を果すべく角川文庫を発刊する。これまで刊行されたあらゆる全集叢書文庫類の長所と短所とを検討し、古今東西の不朽の典籍を、良心的編集のもとに、廉価に、そして書架にふさわしい美本として、多くのひとびとに提供しようとする。しかし私たちは徒らに百科全書的な知識のジレッタントを作ることを目的とせず、あくまで祖国の文化に秩序と再建への道を示し、この文庫を角川書店の栄ある事業として、今後永久に継続発展せしめ、学芸と教養との殿堂として大成せんことを期したい。多くの読書子の愛情ある忠言と支持とによって、この希望と抱負とを完遂せしめられんことを願う。

一九四九年五月三日

角川文庫ベストセラー

本をめぐる物語 小説よ、永遠に

神永 学、加藤千恵、島本理生、椰月美智子、海猫沢めろん、佐藤友哉、千早 茜、藤谷 治
編／ダ・ヴィンチ編集部

人気シリーズ「心霊探偵八雲」の中学時代のエピソード「真夜中の図書館」、物語が禁止された国に生まれた子どもたちの冒険「青と赤の物語」など小説が愛おしくなる8編を収録。旬の作家による本のアンソロジー。

砂に泳ぐ彼女

飛鳥井千砂

やりがいを見つけるため上京した紗耶加は、気の合う同僚に恵まれ充実していた。しかし半同棲することになった彼氏の言動に違和感を覚えていく。苦悩する紗耶加を救ったのは思いがけない出会いだった――。

タイニー・タイニー・ハッピー

飛鳥井千砂

東京郊外の大型ショッピングセンター、「タイニー・タイニー・ハッピー」、略して「タニハピ」。今日も「タニハピ」のどこかで交錯する人間模様。葛藤する8人の男女を瑞々しくリアルに描いた恋愛ストーリー。

アシンメトリー

飛鳥井千砂

結婚に強い憧れを抱く女。結婚に理想を追求する男。結婚に縛られたくない女。結婚という形を選んだ男。非対称（アシンメトリー）なアラサー男女4人を描いた、切ない偏愛ラプソディ。

星やどりの声

朝井リョウ

東京ではない海の見える町で、亡くなった父の残した喫茶店を営むある一家に降りそそぐ奇跡。才能きらめく直木賞受賞作家が、学生時代最後の夏に書き綴った、ある一家が「家族」を卒業する物語。

角川文庫ベストセラー

蜜の残り　加藤千恵

様々な葛藤と不安の中、様々な恋に身を委ねる女の子たちの、様々な恋愛の景色。短歌と、何かを言いたげな食べ物たちに彩られた恋愛短編集にして、普通ではない恋愛に向き合う女性たちのための免罪符。

つれづれ、北野坂探偵舎　心理描写が足りてない　河野裕

異人館が立ち並ぶ神戸北野坂のカフェ「徒然珈琲」にはいつも、背を向け合って座る二人の男がいる。一方は元編集者の探偵で、一方は小説家だ。物語を創るように議論して事件を推理するシリーズ第1弾！

つれづれ、北野坂探偵舎　著者には書けない物語　河野裕

大学生のユキが出会ったのは、演劇サークルの大野さんと、シーンごとにバラバラとなった脚本に憑く幽霊の噂。「解決しちゃいませんか？」とユキは持ちかけるが、駆り出されるのはもちろんあの2人で……。

つれづれ、北野坂探偵舎　ゴーストフィクション　河野裕

昔馴染みの女性に招かれ、佐々波はある洋館を訪れる。そこは幽霊の仕業と思われる不思議な現象に満ちていた。〝編集者〟と〝ストーリーテラー〟。二人の探偵は、館にまつわる謎を解き明かすことができるのか？

気障（きざ）でけっこうです　小嶋陽太郎

女子高生のきよ子が公園で出会ったのは地面に首まですっぽり埋まったおじさんでした――。「私、死んじゃったんですよ」〝シチサン〟と名乗る気弱な幽霊と今どき女子高生の奇妙な日々。傑作青春小説。

角川文庫ベストセラー

ナラタージュ　島本理生

お願いだから、私を壊して。ごまかすこともそらすこともできない、鮮烈な痛みに満ちた20歳の恋。もうこの恋から逃れることはできない。早熟の天才作家、若き日の絶唱というべき恋愛文学の最高作。

一千一秒の日々　島本理生

仲良しのまま破局してしまった真琴と哲、メタボな針谷にちょっかいを出す美少女の一紗、誰にも言えない思いを抱きしめる瑛子――。不器用な彼らの、愛おしいラブストーリー集。

クローバー　島本理生

強引で女子力全開の華子と人生流され気味の理系男子・冬治。双子の前にめげない求愛者と微妙にズレてる才女が現れた！　でこぼこ4人の賑やかな恋と日常。キュートで切ない青春恋愛小説。

波打ち際の蛍　島本理生

DVで心の傷を負い、カウンセリングに通っていた麻由は、蛍に出逢い心惹かれていく。彼を想う気持ちと不安。相反する気持ちを抱えながら、麻由は痛みを越えて足を踏み出す。切実な祈りと光に満ちた恋愛小説。

B級恋愛グルメのすすめ　島本理生

自身や周囲の驚きの恋愛エピソード、思わず頷く男女間のギャップ考察、ラーメンや日本酒への愛、同じ相手との再婚式レポート……出産時のエピソードを文庫書き下ろし。解説は、夫の小説家・佐藤友哉。

角川文庫ベストセラー

消失グラデーション　長沢　樹

とある高校のバスケ部員椎名康は、屋上から転落した少女に出くわす。しかし、少女は忽然と姿を消した!? 開かれた空間で起こった目撃者不在の〝少女消失〟事件の謎。審査員を驚愕させた横溝賞大賞受賞作。

夏服パースペクティヴ　長沢　樹

夏休みの撮影合宿中に、キャストの女子高生が突如倒れ込む。その生徒の胸には深々とクロスボウの矢が突き刺さっていた。〝かわいすぎる名探偵〟樋口真由が、卓越した推理力で事件の隠された真相に迫る！

冬空トランス　長沢　樹

可愛すぎる名探偵・樋口真由、最大の危機！ 横溝正史ミステリ大賞〈大賞〉受賞作『消失グラデーション』のその後を描く書き下ろしエピソードも収録の、樋口真由〝消失〟シリーズ短編集。

フリン　椰月美智子

父親の不貞、旦那の浮気、魔が差した主婦……リバーサイドマンションに住む家族のあいだで繰り広げられる情事。愛憎、恐怖、哀しみ……『るり姉』で注目の実力派が様々なフリンのカタチを描く、連作短編集。

消えてなくなっても　椰月美智子

運命がもたらす大きな悲しみを、人はどのように受け入れるのか。椰月美智子が初めて挑んだ〝死生観〟を問う作品。生きることに疲れたら読みたい、優しく寄り添ってくれる〝人生の忘れられない1冊〟になる。

角川文庫ベストセラー

氷菓　米澤穂信

「何事にも積極的に関わらない」がモットーの折木奉太郎だったが、古典部の仲間に依頼され、日常に潜む不思議な謎を次々と解き明かしていくことに。角川学園小説大賞出身、期待の俊英、清冽なデビュー作！

愚者のエンドロール　米澤穂信

先輩に呼び出され、奉太郎は文化祭に出展する自主制作映画を見せられる。廃屋で起きたショッキングな殺人シーンで途切れたその映像に隠された真意とは!? 大人気青春ミステリ、〈古典部〉シリーズ第2弾！

クドリャフカの順番　米澤穂信

文化祭で奇妙な連続盗難事件が発生。盗まれたものは碁石、タロットカード、水鉄砲。古典部の知名度を上げようと盛り上がる仲間達に後押しされて、奉太郎はこの謎に挑むはめに。〈古典部〉シリーズ第3弾！

遠まわりする雛　米澤穂信

奉太郎は千反田えるの頼みで、祭事「生き雛」へ参加するが、連絡の手違いで祭りの開催が危ぶまれる事態に。その「手違い」が気になる千反田は奉太郎とともに真相を推理する。〈古典部〉シリーズ第4弾！

ふたりの距離の概算　米澤穂信

奉太郎たちの古典部に新入生・大日向が仮入部する。だが彼女は本入部直前、辞めると告げる。入部締切日のマラソン大会で、奉太郎は走りながら心変わりの真相を推理する！〈古典部〉シリーズ第5弾。